GOLDMANN

Von Margaret Weis und Tracy Hickman
liegen im Goldmann Verlag folgende Bände vor:

Die Chronik der DRACHENLANZE:

1: Drachenzwielicht (24510)
2: Drachenjäger (24511)
3: Drachenwinter (24512)
4: Drachenzauber (24513)
5: Drachenkrieg (24516)
6: Drachendämmerung (24517)

Die Legenden der DRACHENLANZE:

1: Die Brüder (24527)
2: Die Stadt der Göttin (24528)
3: Der Krieg der Brüder (24530)
4: Die Königin der Finsternis (24531)
5: Der Hammer der Götter (24533)
6: Caramons Rückkehr (24534)

Die Geschichte der DRACHENLANZE:

1. Die Zitadelle des Magus (24538)

Weitere Bände folgen.

Abanasinia
KRYSTALMIRSEE
XAK TSAROTH
SOLACE
Que-kiri
Que-shu
Que-teh
TORWEG-PASS
DÜSTERWALD
HAVEN
QUALINOST
NEUHAFEN
QUALINESTI
Alte Straße
PAX THARKAS

TURM DER KLERIKER
PALANTHAS
NORDERGOTH
SOLAMNIA
SÜDERGOTH
NEUMEER
SIRRION SEE
QUALINESTI
SOLACE
THORBADIN
STAUBEBENE
TARSIS
EISWALL

MARGARET WEIS · TRACY HICKMAN

Die Geschichte der Drachenlanze 1

DIE ZITADELLE DES MAGUS

Aus dem Amerikanischen übertragen
von Marita Böhm

DRAGONLANCE™

GOLDMANN VERLAG

Das Buch erschien im Original
unter dem Titel »DragonLance Tales,
Volume One: The Magic of Krynn/Book 1«
bei TSR, Inc., Lake Geneva, WI, USA

Deutsche Erstveröffentlichung

Der Goldmann Verlag
ist ein Unternehmen der Verlagsgruppe Bertelsmann

Made in Germany · 5/91 · 1. Auflage

Published in Federal Republic of Germany by
Wilhelm Goldmann Verlag, München
Deutschsprachige Rechte beim Wilhelm Goldmann Verlag, München
Umschlaggestaltung: Design Team München
Umschlagillustration: Larry Elmore
Innenillustration: Steve Fabian
Satz: IBV Satz- und Datentechnik GmbH, Berlin
Druck: Elsnerdruck, Berlin
Verlagsnummer: 24538
Redaktion: Antje Hohenstein/SK
Herstellung: Peter Papenbrok
ISBN 3-442-24538-9

NORDMAAR
KALAMAN
ESTWILDE
BLUTSEE VON ISTAR
NERAKA
FLOTSAM
KHUR
SANCTION
BALIFOR
SILVANESTI
N
ANSALON

Inhalt

Flußwind und der Kristallstab

Michael Williams

I

Hier in den Ebenen, wo der Wind
Licht und Dunkelheit umarmt,
wo mit dem Wind die Stimmen
der Götter zu uns dringen
und von dem Lied künden, noch bevor der Gesang einsetzt,

hier unter den Winden wandert
das Volk noch immer seiner Heimat entgegen,
sie ziehen voran, und ein alter Mann
singt das Lied über ein Land, das nicht existiert,
wunderschön, grausam wie das Sonnenlicht,
kalt wie Winde, die verborgen sein mögen
hinter dem Auge des Regens,
und weit vor uns, meine Söhne und Väter,
dreht sich das Lied und stößt hinab auf das Land
wie ein Falke über dem schlafenden Land,
getrieben vom Hunger, und wie eine heiße Quelle
bricht er hervor und sprudelt, der endlose Gesang:

So war es nicht immer
nach all den Kriegen,
einst herrschte eine Zeit, als das Feuer
nicht aus eigenem Drang
aus dürrem Gras emporstieg,
eine Zeit des Wassers
und des schwingenden Lichts,
als wir uns nicht vorstellen konnten,
daß neues Land sich erheben würde
aus dem großen Trugbild
von Ländern, die wandern
in der Erinnerung
von der Mutter zur Tochter
in einem verfliegenden Traum,
wo das nicht hätte geschehen können,
auch nicht der Tanz der Monde,
die offenen Herzen der Falken,
selbst nicht der Wind
sah die Feuer voraus,
die kochten wie das Blut der Wütenden
in den Adern des Landes
und unseren Traum zerstörten,
während wir schliefen auf unserem Weg,
wo doch dies alles geschah.

Die Reiter fanden
das Kind im wogenden
Gras und Dunkelheit,
in der Nacht, als Mond und Mond
sich vereinten und ihr Licht erlosch,
und der Himmel war schwarz
bis auf einen silbernen Keil,

geformt wie eine Klinge
im Herzen des Himmels.

Und in der Nacht, in der sie ihn fanden,
ward auch sein Name gefunden,
und die namenlosen Jahre
ließ er zurück,
jene Zeit bei den nächtlichen Katzen,
die um ihn gewesen
im wogenden Gras und Dunkelheit,
zu erinnern vermochte er sich jedoch nie,
er zählte sie nicht, die Gräber auf Gräber,
die die Wege der Kindheit gesäumt
und seine ersten Worte mit sich genommen.

Und in der Nacht, in der sie ihn fanden
ward auch sein Name gefunden,
und Flußwind ließ er sich rufen fortan.
Für ihn gewählt, denn dieses klang
nach dem wogenden Gras in der Dunkelheit
und nach Angst vor dem Himmel
und der Klinge des schwindenden Monds.

Und geachtet wurde er bei den Familien,
denn der Ursprung ihres Bluts
war für Volk verloren,
und nur die Spuren der Antilope
und der heftigen Rufe des Falken
hatten sich in ihre Worte gesenkt,
und das Wehen des Windes verlor sich
und nistete in seinem Kopf,
als er lief und lief und lief,

bis Que-Shu ihn erlösten,
eine Heimat boten sie ihm,
und der Traum der Que-Shu
verband sich mit seinem
wie die Dunkelheit mit dem Mond,
bis er sich nur mehr
an die Ebenen und den Wind
und das Wandern zu erinnern wußte.

II

Flußwind, der Nacht nur entliehen,
erwarb jedoch bald die Augen des Volkes,
geübt für Wetter und die Stärke des Winds
in dunkler Erinnerung
nur noch der Prophet, ein Schakal,
während der Ruf des Leoparden
ungehört blieb vom Volk
außer an jenem Ort,
wo die Welt hereinbricht und gemeinsam singt
in seinem Kopf.
Und seine Hand, mit der Anmut
der Hand eines Falkners
oder des Falken selbst,
ohne Fesseln in die Luft geworfen,
war die Hand eines jeden,
die linke Hand, so beweglich,
die Hand, die den Bogen hält.
Und so sollte es sein, meine Söhne und Väter,
bis zu der Nacht
der tanzenden Monde,

wenn der Himmel bis zum Osten
silbern und schwarz dann geworden,
wenn rot der Himmel im Westen hereinbricht,
die Nacht, in der wir Töchter uns zeugen.

Gekleidet in Gaben der Freunde des Volkes,
das Leder der Elen, gekleidet in Fuchs,
mit den edlen Federn des Falken,
zehn Jahre nur zählend,
kam hervor die Tochter der Häuptlinge,
die Tochter, nicht verbunden mit Mann oder Kummer,
nicht verbunden mit Dingen, die fremd ihr geblieben.
Die Anmut der Väter
floß in ihren Adern
wie ein Wind, dem die Welt untertan ist.

Die Seele eines Jägers war sie
im Herzen der Wandernden,
das Gold ihrer Augen ließ denken
an jenen goldenen Mond, der in der Nacht ihrer
Namensgebung schien,
und Flußwind wußte, daß ihre Reise,
jener Stillstand zwischen den Horizonten, dem Ende sich
nahte im Licht und in der Aussicht auf Licht.
Und heilig die Tage, wo er ihr dann
nahte, heilig die Luft,
die seine Lieder der Liebe einst trug,
das Land hinter ihm
ein Lied wie von Bienen,
an der Schwelle des Hörens erzählten sie ihm:
Große Süße ist es, zugleich doch auch Schmerz,
nun lerne, nichts andres steht dir jetzt an.

Und sieben zählten die Sommer,
in denen sie auswich, und Winter,
in denen die Kälte und das Land
hervorbrachen mit den Worten *Tochter des Stammeshäuptlings*.
Das geteilte Herz der Elenantilope
dampfte vom bebenden Boden zu seinen Füßen,
und der Alte Mann, Großvater,
Wanderer, Deuter des Himmels,
las im Gesicht des Jungen, das aus
dem Gesicht des Mannes hervortrat,
verbunden wie die Monde in jener Nacht,
als sein Name gefunden, die Worte wie einen Zauber
wiederholt er,
als sei es zum Schutz,
Tochter des Stammeshäuptlings, die alte
nicht endende Geschichte von Liebe und Ferne
und den Grenzen, denen
das Herz sich unterwirft.

Aber die Augen des Wanderers
konnten die einsamen Augen bald nicht mehr sehn,
beobachten,
als die Dinge geschahen,
in den Augen der Tochter,
das Leopardenauge spiegelt sich dort,
und in der Spiegelung, bis
sich die Spiegelung in der Ewigkeit findet
wie Gedanken in einem endlosen Korridor,
das konnten die einsamen Augen bald nicht mehr sehn,
doch die Augen von Goldmond –
da bemerkte der Stammeshäuptling

den Tanz ihrer Augen und das Geflüster,
er sah es vom Sitz eines Richters
und entschied, dies dürfe nicht sein,
und er stellte Flußwind
drei Aufgaben, die kaum zu erfüllen, und sagte:
Mache meiner Tochter getrost jetzt den Hof,
doch wenn du zu meiner Feuerstelle je zurückkehren möchtest,
dann trag mir den Mond in deinen Händen,
die Sterne auf einer vergänglichen Decke,
und kommst du vom Osten,
vergiß nicht, den Kristallstab zu tragen,
den Arm der Götter im vergessenen Land,
die Quelle aller Magie.

Und der Wanderer hörte das alles,
und er hörte das *Nein* und wieder das *Nein*
im Herzen der Worte,
und wußte, Magie
war gebrochenes Licht,
ein Licht im Herzen eines Kristalls,
es krümmt sich und krümmt sich wieder und wieder
und wird doch ewig nichts.
Und wissend, daß die Magie gebrochenes Licht war,
breitete Flußwind den Umhang über funkelnden Tau,
das Wasser sich sammelnd, glitzernde Sterne,
und der Jäger schöpfte das Wasser,
auf den Händen ihm funkelnd,
und kehrte zum Stammeshäuptling zurück,
mit dem Mond in den Händen, die Sterne
gefangen auf einer vergänglichen Decke.
Und die dritte Aufgabe dann,
so schrecklich wie nichts,

denn die anderen waren leicht, waren Rätsel,
Kindern gestellt,
Jägern gestellt,
schon vielen gestellt,
an die sich der Häuptling nicht mehr erinnern konnte,
und das Herz und die Seele
des Wanderers krümmten sich wie Licht
des einen wahren Kristalls, verwandelten sich
in Worte, Geflüster,
in den Rat, den Flußwind jetzt hörte
in jener Nacht am Rand seiner Reise,
und er zog in den Osten
unter den wirbelnden Monden
zur Quelle des Lichts
im Herzen des Stabs,
und wieder war Nacht, jene Nacht,
die seinen Namen einst barg.

III

Die Ebenen sind weit wie Gedanken, ihr Väter,
wie Erinnerungen, wo auf dem Weg
am Rande des Himmels
du tote Kinder marschieren siehst,
sich nähernd, während der Himmel weicht,
und die Kinder nehmen den Namen auf,
zu schrecklichem Staub
dann werdend, während der Himmel weicht,
und seinen Hüllen
entsagt er beim Wandern.

Doch dies ist die Weise, wie es immer geschieht,
die Geschichte, die man uns über Blindheit erzählt
im Lande der Leoparden,
wenn unsere Augen sagen: *nichts mehr,*
sagen: *wir sind fertig mit dem Sehen,*
mit den Kindern,
mit Hüllen und mit Staub und mit Erinnerungen.

Aber die Zeit des Stabes war keine Zeit,
wie der alte Mann es ihm sagte,
der wußte das Herz des Falken zu lesen,
den Wechsel der Winde dazu,
der wußte, wenn der Stab ihn jetzt rief,
das Land zu verändern,
das Herz und den Weg
und Erinnerung, die das Herz jetzt durchwandert.
Und die Monde kreuzten sich wieder
in verwirrendem Gang,
Solinari, um an der Quelle der Sonne zu ruhen,
Lunitari, um bei den Drachen zu weilen.

So erkannte Flußwind,
daß der Leopard sich ihm näherte,
das Fell erfüllt von Licht und Dunkel,
im Lichte brodelnde Finsternis,
Knochen und Muskeln schwanden bald
in eingebildeten Tiefen
der Ebenen und in der Bewegung.
Etwas hinter ihm
sang mit dem Leoparden,
und sein linkes Auge glänzte
direkt durch ihn

zum Rande der Welt,
und hinter ihm schrie es:
Leg dich nieder, gib auf jetzt sofort,
gib auf, bevor es beginnt,
unser Sohn, unser junger Sohn,
denn du kannst nichts erfahren von diesem Geheimnis,
nichts von diesem Geheimnis
außer trockenem Gras, außer Dunkelheit, außer Sehnsucht,
außer den Gräbern deiner Kindheit,
dem Mondschein zugänglich,
und die Toten,
die stummen Toten, die du dort siehst,
wo der Himmel die Ebenen trifft,
deine eigenen werden sie sein, sich nähernd.

Und er weiß, daß er diese Geschichte
aus dem Wandern heraus jetzt träumt,
aus der Nacht heraus und dem langen Gesang,
den er dem Volk fernhielt,
auch Goldmond, dem Stammeshäuptling
dem Alten Mann selbst,
dem Wirker des Blutes,
ein Traum, an den er sich nicht mehr erinnern kann,
wo der Falke über den Boden hastet,
seine Flügel wie eine Trophäe,
wie eine Beute hinter sich ziehend,
in seinen Augen der Wind, dem er sich gegeben.
Und als er sich nähert,
der Leopard, der Falke
verschwinden wie Wasser,
Widerspiegelungen vom Mond über Mond
im Herzen des Bestimmungsortes des Stabs.

Er verfolgt, wie sie verschwinden,
erwartet die Fallen des Mondes,
und *Alter Mann,* flüstert er, *Alter Mann,*
ich erforsche dies Land,
auf keiner Karte verzeichnet.

Aber der Wanderer reist
durch den Hinterhalt des Hungers,
durch den Durst des Landes,
die Wissen und Kenntnisse vertreiben,
und die Worte des Alten Mannes
verkörpert das Land, über das er zog,
aber das Land vor ihm
ist wie ein Gerücht über Wasser,
ist ein Kristall, der sich erhebt,
verzerrt vom Mondschein
und von Gedanken
und Wasser erhebt sich
vor ihm wie blauer Kristall.
Dieses Mal ist das Träumen vorbei, denkt er,
und dieses Mal, doch dieses Mal,
aber das Wasser entweicht ihm
und trägt die Monde mit sich
in seine Tiefen wie Erinnerungen,
wie die Betrachtungen der Götter,
bis das Wasser sich vor ihm erhebt,
und im Wasser sieht er
sich selbst, nach oben jetzt schauend,
die verknoteten Monde an seinen Schultern,
und zum Trinken kniet er sich, und er trinkt zu lange,
denn aus dem Wasser erheben sich seine eigenen Arme,
schrecklich und kalt wie der Wind,

und ziehen ihn zu sich,
nach unten zu Monden und Dunkel,
zum Frieden jenseits aller Erinnerungen,
ein Frieden, der flüstert
Gesell dich zu mir, mein Bruder, mein Ebenbild,
über sein dahinschwindendes Gesicht,
und die Worte des Wanderers
kehren zurück, sie ziehn ihn nach oben,
die Luft in den Worten
gibt ihm die Kraft, nachdem der Glaube
zum Boden des Wassers
fällt, der niemals war,
dann irgendwo spricht auch der Alte Mann,
sagt: *Glaube ist eine Facette des Kristalls,*
der in seinen Drehungen das Licht einfängt
und es zu Formen und Illusionen krümmt,
ja es zu Täuschungen krümmt,
die im Herzen des Kristalls liegen,
wo nichts ist außer dem Licht,
das zerstört und gebrochen ist
jenseits der Dinge,
erinnerst du dich, mein Sohn, erinnerst du dich,
und Flußwind, ins Wasser getaucht und erlöst
von den Worten, von der rettenden Luft,
sagt: *Alter Mann, auch dies habe ich bewältigt,*
ich erforsche dies Land,
auf keiner Karte verzeichnet.

Er lernte es kennen, bis das Rot und das Silber
der Monde sich am Himmel vereint,
und das Licht war golden
wie Kerzen voll Duft

in Istar, der Vergessenheit vielleicht schon
anheimgefallen voll Schrecken,
und Goldmond schreitet wie ein Leopard
an der Schwelle des Hörens und des Glaubens
und sagt: *Leg dich nieder, gib auf jetzt sofort,*
gib auf, bevor es beginnt,
unser Liebling, unser kleiner Liebling,
denn du kannst alles erfahren über dieses Geheimnis,
alles über dieses Geheimnis,
über trockenes Gras und Dunkelheit und Sehnsucht,
die Quelle der Kinder
blüht für dich im Winter.
Leg dich nieder, Geliebter, leg dich nieder für mich.

Und immer noch geht er auf die Tochter der
Stammeshäuptlinge zu,
und immer noch weicht sie zurück, die Geschichte
über Tage und Jahre,
und dreht sich im Kreis wie aufspritzendes Wasser,
und *Alter Mann,* flüstert er, *Alter Mann*
ich erforsche dies Land, auf keiner Karte verzeichnet.

Aber immer noch weicht sie zurück
in die Arme und Pflege
der Söhne des Häuptlings,
sich erhebend wie die Hülle der Toten,
ewig in Sternen funkelnd vor ihm,
ewig sie einhüllend, wenn sie sich wendet,
ihre Augen wie grüne Lichttürme,
und ihre Augen und seine Augen im verzerrenden Mond,
wenn sie lächelt, als sie ihn den Kriegern gibt,
und *Alter Mann,* flüstert er, *Alter Mann,*

ich gebe mein Wissen jetzt preis,
diesen schrecklichen Traum über den Stab
diesen schrecklicher Traum, wenn der Stab sich ergibt,
und unter den Monden folgt er
seinen Verlusten, bis seine Haut sich gegen ihn richtet
und fleckt, Gold auf Schwarz auf Gold,
und seine starken Hände erinnern sich an ein Versteck
mit Messern,
und das Gesicht unterwirft sich
dem heißen Wind, dem Chor der Leoparden,
und in ihrer goldenen Kehle
in der Kehle ihrer unzähligen Häuptlinge
tanzt das Blut, erhebt sich dort
eine Illusion nur, der heißsprudelnden Quelle gleich,
es sind Worte, die fehlen,
während er seinen Traum träumt und die Rachen
verschwinden.

Vorwärts geht er, sich an nichts mehr erinnernd,
keine Bewegung und keinen Schrei seines Volkes,
keine Jagd, die Bewegung noch bringt,
keine Horizonte, keine kreuzenden Monde der Nacht,
wo der Namen geboren.
Er hat alles hinter sich gelassen,
alles der Hülle, erfüllt von Licht, übergeben,
erfüllt von Dunkel, im Lichte brodelnde Finsternis,
Knochen und Muskeln schwanden bald
in eingebildeten Tiefen
der Ebenen und in der Bewegung.
Etwas hinter ihm
singt in sein Ohr, und sein linkes Auge glänzt
direkt durch die Schatten

zum Rande der Welt,
und der Geruch von Blut weicht
dem Geruch von Stein und von Wasser
und von Dingen unter Stein und Wasser,
weise und tödlich und gut jenseits aller Vorstellung.
Aufrecht durch die Rettung des Leoparden
schreitet er ins Licht,
seine erste und letzte Hülle,
wieder ins Gedächtnis gerufen und übergeben,
wieder eingehüllt in den großen, glänzenden Traum.
Dort in einem Tempel aus Stein,
kalt, unfaßbar wie Regen,
kalt wie das Schweigen der Steine,
liegt der Stab – und singt und singt
Erheb dich, du hast diesen Frieden verdient
am Rande der Welt,
hinter dir ein schwindendes Land.
Heb mich auf wie eine Trophäe,
wie ein dritter Mond im vertrauten Himmel,
und statt des Armes des Häuptlings werde
der Häuptling selbst,
der Herr über ein Land von Leoparden,
und Flußwind, kalt
wie das Schweigen der Steine,
sich an den Rand des Himmels erinnernd,
denkt an dahinziehende tote Kinder,
und der Stab glänzt plötzlich
vor seiner zurückschreckenden Hand.
Dort in seiner Reichweite dreht sich die Welt,
hinter seinem Kopf die Stimme des Leoparden
fällt ein in die Worte und singt
Leg dich nieder, gib jetzt auf sofort,

gib auf, bevor es beginnt,
unser Sohn, unser junger Sohn,
denn du kannst nichts erfahren von diesem Geheimnis,
nichts von diesem Geheimnis
außer trockenem Gras, außer Dunkelheit, außer Sehnsucht,
außer den Gräbern deiner Kindheit
dem Mondschein zugänglich,
und die Toten,
die stummen Toten, die du dort siehst,
wo der Himmel die Ebenen trifft,
deine eigenen werden sie sein, sich nähernd.

Im Licht des Stabes übergibt er sich ihm.
Heller brennt er,
als er das Land der Heimsuchungen beleuchtet,
die drei Monde, jetzt wieder im Gleichgewicht,
die nach innen gerichtete Nacht, das Herz der Nacht,
blaues Licht strömt empor, das Licht des Kristalls,
hervorgebracht durch die Hand eines Kriegers
aus dem Geschlecht der Leoparden,
das große Herz des Volkes
in der Erinnerung jenseits aller Erinnerung,
aber Flußwind, kalt wie das Schweigen der Steine,
lacht zum ersten Mal,
seit der Westen verschwunden ist,
denn er weiß,
dies ist das Land, das er verloren hat,
denn unter den Ebenen liegt nichts,
und der Sieg schreitet in den Hüllen der Kinder
durch schädliche Jahre des Lichtes.

IV

Der Rest der Geschichte ist euch bekannt,
wie Flußwind den Stab dann trägt,
zurückkehrt zu dem Volk alsbald,
das Dunkel der Steine in seinen Augen,
was der Stammeshäuptling befahl,
(ich war dort, um es zu erleben,
meine Worte konnten sie dieses Mal nicht aufhalten)
was der Stab in Goldmonds Hand vollbrachte.

Aber dieses wißt ihr vielleicht nicht:
daß auf den Pfaden des Lichtes
von den Ebenen zur Letzten Bleibe reitend
sie ihm sagte: *Jetzt bist du würdig,*
nicht nur in meinen Augen,
sondern im Auge des Falken der Welt
schreitet die Geschichte ewig und ewig.

Aber Flußwind: *Nein* und wieder *Nein,*
Nein zu dem gebrochenen Licht des Stabs,
denn gefangen im Licht wurde seine Hand schwächer,
durch Facette und Facette bis zum Herz des Lichtes,
und nicht von dieser Welt war der dritte aufgehende Mond,
und das Herz des Stabes
war wieder die Nacht, die seinen Namen gebar.

Hier in den Ebenen, wo der Wind
Licht und Dunkelheit umarmt,
wo mit dem Wind die Stimmen
der Götter zu uns dringen
und von dem Lied künden, noch bevor der Gesang einsetzt,

hier unter den Winden wandert
das Volk noch immer seiner Heimat entgegen,
sie ziehen voran, und ein alter Mann
singt das Lied über ein Land, das nicht existiert,
wunderschön, grausam wie das Sonnenlicht,
kalt wie Winde, die verborgen sein mögen
hinter dem Auge des Regens,
und weit vor uns, meine Söhne und Väter,
dreht sich das Lied und stößt hinab auf das Land
wie ein Falke über dem schlafenden Land,
getrieben vom Hunger, und wie eine heiße Quelle
bricht er hervor und sprudelt, der endlose Gesang.

Das Blutmeer-Monster

Barbara Siegel

Atemlos lief ich auf der Suche nach einem Versteck über den nassen Sand – fast schon ohne Hoffnung. Nach dem schrecklichen Sturm, der früher am Tage gewütet hatte, war das Laufen über den schlammigen Strand, als ob man sich in einer riesigen Schüssel mit dickem Brei bewegen würde. Aber trotzdem rannte ich weiter, denn Nick, der Dickhals, der Dorfbäcker, war verbissen hinter mir her.

Ich hatte Dickhals abgeschüttelt, als ich blitzschnell zwischen zwei Gebäuden hindurch zum Meer gestürmt war. Mir war klar, daß er durchschauen würde, welche Richtung ich eingeschlagen hatte, aber dann sah ich plötzlich meine Rettung: auf dem Strand lag eine lange Reihe von Fischerbooten.

Den gestohlenen Laib Brot hielt ich eng an meinen Körper gedrückt und sah über meine Schulter zurück. Dickhals hatte den Strand noch nicht erreicht. Ich ergriff meine Chance und stürzte mich in das allererste Boot.

Nachdem ich mich mit einem schweren Netz zugedeckt hatte, holte ich einige Male tief Luft und versuchte dann, meinen Atem anzuhalten. Wenn Dickhals vorbeistapfte, würde er mich sonst bestimmt hören.

Ich weiß nicht, wieviel Zeit verstrich. Wenn du verängstigt bist und atemlos, wenn du bis zum Hals im Regenwasser liegst und auf dir ein schweres Fischernetz lastet, das das Licht auslöscht, dann bewegt sich nichts langsamer als die Zeit. Überhaupt nichts.

Aber mein Herz begann bald wieder schneller zu schlagen, als ich eilige Schritte näher kommen hörte. Ich krümmte mich auf den Boden des Bootes. Das Regenwasser bedeckte meinen Mund. Ich mußte durch die Nase atmen.

Die Schritte kamen näher.

Es war sinnlos. Ich hob meinen Kopf aus dem Wasser und biß in das Brot. Wenn Dickhals mich schon verprügeln würde, dann wollte ich wenigstens etwas davon im Bauch haben, um es dann eindrucksvoll von mir geben zu können.

Trotz meines trockenen Mundes begann ich schnell zu kauen.

Die Schritte kamen näher. Hatte er gesehen, daß sich das Netz bewegte? Hatte er meinen schweren Atem gehört? Hatte er gehört, wie ich sein Brot kaute? Obwohl ich den Mund voll hatte, nahm ich einen weiteren Bissen und dann noch einen und noch einen, bis meine Wangen so aufgebläht waren, als hätten sie die Flügelspanne eines Drachen. Na ja, vielleicht nicht ganz so, aber jetzt hatte ich mehr Brot im Mund als in meiner Hand – und nicht einen einzigen Bissen hatte ich hinuntergeschluckt. Zumindest noch nicht.

Die Schritte stockten direkt neben dem Boot. Ich schloß meine Augen. Das Brot blieb mir in der Kehle stecken.

Ich begann zu würgen!

Das Netz über mir wurde weggerissen. Während ich um Luft rang, bedeckte ich mein Gesicht und hoffte, die Schläge von Dickhals ein wenig abhalten zu können.

Aber da kamen keine Schläge.

Ich spähte zwischen meinen Armen hervor, während ich große Brotbrocken aus meinem Mund hervorwürgte.

»Was ist denn das?« fragte ein alter Mann, der verblüfft auf mich herabstarrte. »Ein junger Elf und ganz allein?«

Ich antwortete nicht. Ich hustete weiter und spuckte massenweise halbgekautes Brot auf den Schiffsboden.

Der alte Mann schüttelte aufgebracht den Kopf und begann, auf meinen Rücken zu klopfen.

Als ich schließlich wieder atmen konnte, schaute ich an dem alten Mann vorbei und sah, daß der Strand leer war. Dickhals war nirgendwo in Sicht.

»Bist du in Schwierigkeiten, Elf?« fragte der alte Mann, der meinen verstohlenen Blick bemerkt hatte.

Ich nickte und entschied, das Mitgefühl des alten Mannes auszunutzen. »Nick, der Dickhals, mag mich nicht«, antwortete ich.

»Nick, der Dickhals, mag niemanden«, stimmte der alte Mann mit einem Seufzer zu. Dann sah er mich mit einem amüsierten Grinsen an und fügte hinzu: »Insbesondere haßt er einen gewissen Elfen, der die Angewohnheit hat, sein Brot zu stehlen.«

Ich errötete.

»Wie heißt du, Elf?« fragte er.

»Duder«, erklärte ich ihm.

»Das ist alles? Nur Duder?«

»Das ist doch genug«, entgegnete ich. Ich wollte mich über dieses Thema nicht weiter auslassen. »Wie heißt du?«

»Man nennt mich Sechs-Finger-Fiske.«

Mein Blick fiel unvermittelt auf seine Hände.

»Erwarte keinen zusätzlichen Finger, Elf«, sagte der alte Mann mit einem barschen Lachen. »Bei meiner Geburt half ein betrunkener Arzt, und der Narr glaubte, er hätte sechs Finger an meiner Hand gesehen. Meine Mutter verstand nichts vom Rechnen und konnte sie auch nicht zählen. Nun ja, Spitznamen haben nun mal die Angewohnheit, einzuschlagen. Verstehst du, was ich meine?«

Ich nickte. Was sollte ich sonst machen?

Ohne Warnung hob der alte Fischer mich an den Schultern hoch und setzte mich auf den schlammigen Strand. »Du bist ein drolliger, kleiner Bursche«, sagte er. »Ich sehe nicht allzu viele Elfen in dieser Gegend. Aber in meinem Boot kannst du nicht bleiben. Ich fahre jetzt aufs Meer.«

»Du gehst fischen?« Ich stotterte, so verblüfft war ich. »Alle sind doch wegen des Sturms im Hafen geblieben«, wandte ich ein. »Und jetzt ist es außerdem zu spät, um hinauszufahren. In nur wenigen Stunden wird es dunkel sein.«

»Nach einem schweren Sturm beißen die Fische am besten«, hielt Sechs-Finger-Fiske dagegen. »Außerdem«, fügte er geheimnisvoll hinzu, »gibt es einen Fisch, den ich unbedingt fangen muß – und meine Zeit neigt sich dem Ende zu.«

Ich wußte nicht, wovon er sprach. In Wahrheit: Es interessierte mich eigentlich nicht. Mir war nur wichtig, Dickhals nicht unter die Augen zu kommen, und das ist in solch einem kleinen Fischerdorf ein schwieriges Unterfangen.

»Ich komme mit«, bot ich ihm schnell an. »Wenn du so spät aufs Blutmeer hinausfährst, wird es bei deiner Rückkehr schon dunkel sein. Ich habe wirklich gute Augen und kann dir helfen, den Weg in den Hafen zu finden.«

Der alte Mann lachte. »Ich brauche deine Hilfe nicht, um das Blutmeer zu befahren«, entgegnete er. »Ich war in diesem Gewässer schon fischen, bevor du geboren wurdest.«

Ich war zweiundsechzig Jahre alt – nach Elfenmaßstab lediglich ein Heranwachsender –, aber trotzdem hegte ich keinen Zweifel, daß Sechs-Finger-Fiske gut und gerne zehn oder fünfzehn Jahre älter war. Ich mußte ihn auf eine andere Art überzeugen, damit er mich mitnahm.

»Wenn Ihr schon seit so vielen Jahren fischen geht, wie Ihr sagt«, sagte ich listig, »dann seid Ihr nicht ganz so jung, wie Ihr ausseht« – anders als die meisten Elfen kann ich die Wahrheit so dehnen, bis sie kurz vor dem Platzen ist – »aber wenn Ihr so alt seid, wie Ihr vorgebt, Sir Fiske«, fuhr ich fort, »dann würde ich Ihnen gerne meine Ruderdienste für die bescheidene Gebühr von zehn Prozent Eures Fanges anbieten.«

»Du bist klug, Elf«, sagte der alte Mann mit Bewunderung in der Stimme.

»Bitte, nennt mich Duder.«

»In Ordnung, Duder. Du siehst zwar nicht so aus, als ob du überhaupt rudern könntest, aber mit deiner Gesellschaft in so einer finsteren Nacht fallen meine müden Augen nicht so leicht zu. Aber wenn du mich wirklich begleiten möchtest, mußt du wissen, daß ich mich aufmache, das Blutmeer-Monster zu fangen.«

Ich konnte es mir nicht verkneifen. Ich mußte lachen.

»Du gehörst also auch zu denen, die nicht an seine Existenz glauben«, stellte er ohne Zorn fest.

»Ich habe Geschichten darüber gehört«, gab ich zu. »Aber mehr gibt es auch nicht. Jeder weiß das. Sogar Kender.«

»Trotzdem«, sagte der alte Mann hartnäckig, »es gibt nichts anderes als das Blutmeer-Monster, das ich fangen möchte. Möchtest du immer noch mitkommen?«

Ich wollte einfach nicht herumstehen, um Nick, dem Dickhals, zu begegnen. Deshalb biß ich mir auf die Zunge, um ihm nicht wieder ins Gesicht zu lachen, und antwortete: »Ja, ich möchte immer noch mitkommen.«

Bevor er ein weiteres Wort sagen konnte, machte ich mich daran, das kleine Fischerboot durch die Brandung des Blutmeeres zu schieben; ich hoffte, er würde es sich nicht anders überlegen.

Plötzlich rief er mich: »Duder!«

»Ja?«

»Du erhältst zwei Prozent von meinem Fang. Und das ist mein letztes Wort.«

Ich lächelte in mich hinein. Ich würde fischen gehen!

Ich ruderte, bis die Küste am Horizont zusammenschrumpfte. Aber wir kamen nur langsam voran, weil das Blutmeer noch so sehr vom Sturm aufgewühlt war.

Ich hatte Angst, daß mir übel werden würde, denn das Boot tauchte tief in jedes Wellental ein. Sechs-Finger muß mein Leiden bemerkt haben, aber Geschäft blieb Geschäft: er nahm mir die Ruder nicht wieder ab. Er war lediglich zu einem tröstenden Zuspruch bereit. »Mach dir keine Sorgen«, sagte er, »das Wasser wird sich bis zur Abenddämmerung beruhigt haben. Das ist immer so.«

Er hatte recht. Als die Sonne im Blutmeer unterging, funkelten glitzernde, karmesinrote Lichter auf der Wasseroberfläche, die sich jetzt glatt vor uns erstreckte. Das Meer war im Frieden. Und schließlich auch mein Magen. Nicht, daß etwas in ihm gewesen wäre, wohlgemerkt.

Plötzlich fiel mir auf, daß Sechs-Finger seine Angelleine noch gar nicht ausgeworfen hatte. »Du kannst nichts fangen, wenn deine Angelleine nicht im Wasser ist«, sagte ich.

»Gibst bereits Befehle, was?« knurrte der alte Mann. »Ich habe hier zuvor schon gefischt, und in dieser Gegend werde ich das Monster bestimmt nicht finden.«

Jetzt, wo sich mein Magen beruhigt hatte, stellte sich der Hunger wieder ein. Weil ich schon einmal rohen Fisch verzehrt hatte, fragte ich ihn: »Macht es dir etwas aus, wenn ich deine Angel benutze, um zu sehen, was ich fangen kann? Immerhin«, erinnerte ich ihn, »bin ich an deinem Fang beteiligt.«

Er zuckte die Schultern. »Wenn du fischen willst«, sagte er mürrisch, »gib mir die Ruder.« Sechs-Finger übernahm die Holzruder, wandte sein Gesicht von mir ab und starrte ins dunkler werdende Zwielicht hinaus.

Meine Angelleine platschte in das rote Wasser. Sie blieb hinter dem Boot zurück, während wir uns weiter hinaus aufs Meer bewegten. Ich schloß meine Augen und genoß die gleichbleibenden, rhythmischen Ruderstöße des alten Mannes.

Das ist eine gute Art zu leben, dachte ich. Jemand, der für mich rudert, und das Abendessen wartet nur darauf, gefangen zu werden. Aber wie es nun mal so ist mit mir, ich begann bald, von mehr zu träumen: Mir würde eine ganze Flotte von Fischerbooten mit unzähligen alten Männern gehören, und die würden jeden Tag mit einem großen Fang zurückkehren. Ich würde großzügig sein und ihnen zehn Prozent aus den Erlösen geben. Dann hielt ich inne und überlegte. Nein, ich würde ihnen nur zwei Prozent geben.

Ich lächelte in mich hinein und seufzte zufrieden auf.

Ich wäre bald bekannt: Duder, Kapitän auf dem Blutmeer. Und ich wäre der reichste Elf auf der Welt. Die anderen Elfen würden mich beneiden. Es würde ihnen bitter leid tun, daß sie mich so schlecht behandelt hatten. Ich war aus meiner Heimat verstoßen worden; bestraft für eine jugendliche Unbedachtheit; von allen gemieden, zum einsamen Wandern verdammt – oh, wie ich es haßte, allein zu sein. Aber wenn die Elfen meinen Fisch bräuchten, mein Geld bräuchten, meine Macht und meinen Einfluß... dann würden sie zu mir kommen und sagen: »Duder Basillart, es tut uns so leid. Komm zurück nach Hause.« Und ich würde einfach nur grinsen und antworten...

»Autsch!« Die Angelleine war fast aus meinen Händen gerissen worden. Meine Augen weiteten sich, als ich mich an die Angel klammerte. Meine Tagträumereien waren zwar zu einem

Ende gekommen, aber dafür schien das Abendessen nahe zu sein.

»Sieht aus, als hättest du etwas Großes erwischt«, bemerkte der alte Mann, während er beobachtete, wie ich die Leine einholte.

»Ich habe dir schon gesagt, es wird gut sein, mich dabei zu haben«, prahlte ich. »Dieser Fisch wird eine Menge Geld bringen. Vergiß nicht«, fügte ich hinzu, »ich bekomme zwei Prozent!«

Mit beiden Händen zog ich die Leine hoch. Ich zählte bereits mein Geld, bevor mein Fang zum Vorschein gekommen war. Aber als es soweit war, hörte ich mit meinen Bemühungen auf. Ich hatte einen toten Mann an der Angel.

»Das überrascht mich nicht«, sagte Sechs-Finger, nachdem er mir geholfen hatte, den ertrunkenen Matrosen auf den Bootsrand zu hieven.

»Nicht?« fragte ich erstaunt. »Fängst du mit deiner Angel jeden Tag Leichen?«

Sein uraltes Gesicht zeigte jetzt doch eine Reaktion. »Es gibt eine alte Geschichte über Stürme an diesem Meer«, erzählte er. »Wann immer ein Sturm aufkommt, kannst du sicher sein, daß zuvor ein Schiff in den Strudeln mitten im Blutmeer verschluckt worden ist.«

Ich erschauerte bei diesem Gedanken; auf meinen einsamen Reisen hatte ich doch schon so viele Stürme erlebt, die über diesen Wellen getobt hatten.

»Zu schade, daß unsere Angelexpedition auf diese Weise enden muß«, sagte ich traurig, während ich mir ausmalte, daß wir mit der Leiche zurück zur Küste fahren würden.

»Sei kein Narr!« entgegnete der alte Mann. Und damit schnitt er die Angelleine durch und ließ die Leiche zurück ins Wasser gleiten.

»Was machst du da?« schrie ich.

»Die gebührende Grabstätte für einen Matrosen ist das Meer«, erklärte er gelassen. »Außerdem ist da noch der Fisch, hinter dem ich mein ganzes Leben lang her bin. Heute abend kann ich vielleicht endlich diese Kreatur fangen.«

Während ich die Leiche beobachtete, wie sie vom Boot wegtrieb, wurde mir langsam die Verzweiflung des alten Mannes völlig bewußt. Er war müde und erschöpft, und er wußte, daß sich ihm nicht mehr viele Gelegenheiten bieten würden, sein legendäres Blutmeer-Monster zu fangen.

Sechs-Finger sah nicht zurück, als die Leiche des Matrosen in den Wellen versank.

Kurz darauf, nachdem ich wieder die Ruder übernommen und zu rudern begonnen hatte, sah ich in der Nähe Trümmer vom Schiff des toten Matrosen treiben. Geborstene und zerbrochene Holzstücke trieben im Wasser umher. Und dann sah ich eine Planke, die ein Teil des Schiffsbugs gewesen sein mußte. Im schwindenden Tageslicht las ich die Worte: *Die Perechon*. Und dann wurde die Planke von einer Welle davongetragen und verschwand.

War es ein großes Schiff gewesen? Waren viele Matrosen gestorben? Ich würde es niemals erfahren. Für mich war es nur ein Schiff mehr, das niemals wieder Land sehen würde, nur eine Mannschaft von Matrosen mehr, die niemals wieder die Sonne erblicken würde, nur noch eine Schiffsladung mit Seelen, die niemals wieder nach Hause gelangen würden… wie ich.

Es schien, als ob mich jeder Tag weiter von meiner Heimat entfernen würde. Und jetzt befand ich mich mitten in der Nacht in einem kleinen Boot weit weg vom Land, irgendwo draußen auf dem finsteren Blutmeer. Schlimmer noch, ich war mit einem alten Fischer zusammen, der davon besessen war, eine Kreatur zu fangen, die nur in unserer Phantasie existierte.

Ich bin von Natur aus nicht grausam, aber ich entschloß mich, mich ein wenig über Sechs-Finger lustig zu machen. Beim Rudern fragte ich: »Wie sieht denn dieses Blutmeer-Monster aus?«

»Ich weiß es nicht«, antwortete der alte Mann. »Niemand hat die Kreatur je gesehen oder überlebt.«

»Woher weißt du dann, daß es überhaupt existiert?« Ich lächelte affektiert.

»Es existiert«, behauptete er entschieden. »Dessen bin ich mir sicher. Obwohl niemand es direkt gesehen hat, gibt es doch Geschichten – Hunderte von Geschichten – über das große Blutmeer-Monster.« Er wandte seinen Blick von mir ab und starrte hinaus aufs Meer. »Einige sagen, es sei so groß wie tausend Fischerboote. Andere wiederum behaupten, es sei nicht die Größe der Bestie, sondern auf ihre langen Zähne und Klauen müsse man aufpassen. Aber niemand weiß es genau. Ich kannte jedoch einen Mann, der behauptete, er hätte die Bestie in einem Spiegel gesehen. Er meinte, es hätte ein schuppiges, blutbeflecktes Gesicht, aus dem schwarzer Eiter sickert. Aber das Aussehen spielt keine Rolle. Wichtig ist nur, daß ich es überhaupt fange!«

»Warum?«

Seine Augen verengten sich, und seine Stimme wurde vor Wut heiser. Aber er war nicht auf mich wütend. Sein Zorn war auf das Monster gerichtet, das er suchte. »Es hat meinen Vater getötet«, erklärte er. »Und es hat auch seinen Vater getötet. Es tötete meinen einzigen Bruder, meine Söhne, meine Neffen – sie waren alle Fischer –, es brachte ihnen den Tod in diesem Meer voll Blut. Schließlich starb meine Frau wegen... Vernachlässigung... vor Kummer. Jetzt bin ich allein. Ohne Familie. Niemand ist mehr da. Ein alter Mann, der kein Gefühl mehr in seinem Herzen hat als nur noch den Wunsch nach Rache.« Er

hob seinen Kopf und starrte in den Himmel. In seinen Augen glühte die Leidenschaft. »Und ich werde diese Rache nehmen!« schrie er in die Nacht. »Das schwöre ich!«

Falls Sechs-Finger weiter so schrie, würde er den Fisch bestimmt erschrecken und verscheuchen. Mich hatte er bereits stark erschreckt.

Ich vergaß seine Raserei jedoch völlig, als er mir einen seiner Weizenkuchen gab. Ich verschlang das Stück so schnell, daß der alte Mann mir auch noch Obst aus seiner Tasche anbot. »Was ist denn mit dir?« fragte ich, da ich meinem Gastgeber nicht unaufmerksam erscheinen wollte (und ihn auch vom Blutmeer-Monster ablenken wollte). »Willst du nichts essen?«

»Mein Appetit ist nicht mehr so wie früher«, antwortete er seufzend. »Ich esse nicht einmal mehr die Hälfte von dem, was ich mitnehme. Meistens werfe ich die Essensreste über Bord und überlasse sie den Fischen. Ein Mann darf nichts vom Blutmeer nehmen, ohne etwas zu geben«, erklärte er feierlich. »Wenn der Fisch lebt und sich vermehrt, dann wird auch der Fischer leben.«

Es war ein netter Gedanke, aber ich hoffte, daß er an diesem Abend kein Essen über Bord werfen würde, weil ich schrecklich hungrig war.

Er mußte meine Gedanken gelesen haben, denn er nahm sich einen süßen Fladen, reichte mir dann seinen Proviantbeutel und sagte: »Iß soviel, wie du magst.«

Ich verdrückte alles.

Als ich mit dem Essen fertig war, hatte der Mond die Hälfte seiner Laufbahn am Himmel bereits geschafft. Und endlich warf der alte Mann seine Angelleine ins Wasser.

Wir bewegten uns ruckweise über das ruhige Meer. Keiner sprach ein Wort. Ich fragte mich, wie lange wir in dieser Nacht wohl draußen bleiben mußten, bevor der alte Mann ermüden und aufgeben würde. Und ich fragte mich, was ich tun sollte, wenn wir die Küste erreicht hätten. Würde ich weiterziehen und mein Brot bei einem anderen Bäcker in einer anderen Stadt stehlen? Ich wollte vom Leben mehr haben als nur ein paar Krumen. Ich verspürte ein ruheloses und heftiges Verlangen nach … ja, nach Erfahrungen. Das war damals auch der Grund gewesen, warum ich das Medaillon des Elfenanführers gestohlen hatte. Ich dachte, das Medaillon enthielte einen geheimen Zauber, der mir zu Macht und Weisheit verhelfen würde. Stattdessen hat es nur Elend über mich gebracht. Mein Diebstahl wurde entdeckt, und daraufhin wurde ich aus meiner Heimat verbannt. Ich war jetzt zu einem Dunkelelfen geworden, einem Abtrünnigen. Aber wohin ging ich?

Das Boot und die Nacht trieben mit meinen Gedanken dahin. Ich verlor jedes Zeitgefühl. Das gefiel mir am Meer. Diese Zeitlosigkeit. Der alte Mann wollte unbedingt fischen, und ich wollte unbedingt träumen – bis es plötzlich im Wasser aufspritzte!

»Ich habe etwas!« schrie Sechs-Finger.

Seine Angelleine straffte sich. Der Schiffsbug neigte sich, als der Fisch am anderen Ende der Leine mit dem Haken im Maul tief nach unten tauchte.

Er dachte doch nicht, daß er wirklich das Blutmeer-Monster gefangen hätte, oder?

Fachmännisch ließ der alte Fischer die Leine locker und ließ den Fisch davonschwimmen. Als dann der Fisch nachgab, zog der alte Mann ihn zurück. Der Fisch versuchte, sich loszureißen, und der alte Mann wiederholte das Manöver. Aber ich konnte erkennen, daß sich Sechs-Finger bis zum Äußersten abmühen mußte. Was auch immer am Ende der Leine hing, es war schrecklich stark und nicht gewillt, kampflos aufzugeben.

Doch Sechs-Finger konnte mit der Kreatur mithalten. Schließlich erschien es an der Oberfläche direkt vor dem Heck, daß das Meer aufspritzte.

»Er ist riesengroß!« schrie ich unwillkürlich, als ich den Schatten sah, den der Fisch im Mondschein warf.

Lediglich der Gesichtsausdruck des alten Mannes wurde noch finsterer. Er wußte, was er an der Leine hatte – aber es war nicht das, was er wollte. Trotzdem holte er den Fisch ein. Ich half, ihn mit dem Netz des alten Mannes aus dem Wasser zu ziehen.

Als er auf den Boden des kleinen Bootes plumpste, erkannte ich, was der alte Mann gefangen hatte: einen seltenen – und äußerst lebhaften – Belafisch. Ich hatte von ihnen gehört, aber bisher noch niemals einen gesehen, weil die Fischer sie immer über Bord warfen. Das ist nur allzu verständlich: Der Belafisch schmeckt ekelhaft, und es besteht keine Nachfrage nach ihm. Außerdem bringt es Unglück, einen Belafisch zu töten, weil er zu den seltenen Fischen gehört, die sich mit Landwesen unterhalten können.

Dieser Belafisch war alles andere als zu schüchtern, sich mit uns zu unterhalten...

»Der Angelhaken tut weh!« schrie er. »Nimm ihn aus meinem Maul!«

Ich kniete mich sofort hin und entfernte vorsichtig den Haken.

»Danke schön«, sagte der Fisch. »Wärst du jetzt bitte so freundlich, mich wieder zurück ins Wasser zu werfen?«

Ich überlegte nicht lange. Ich wollte gerade meine Hände unter den Belafisch legen, als der alte Mann auf meine Hände schlug. »Laß ihn hier«, befahl Sechs-Finger. »Ich denke, wir sollten ihn behalten. Er gibt einen guten Köder ab.«

Bei diesen Worten des alten Mannes begann der Belafisch,

hilflos über den Boden des Bootes zu zappeln. Er versuchte verzweifelt, sich über Bord zu schnellen. Aber es war erfolglos. »Bitte«, flehte der Fisch, »laß mich frei!«

Ich war wie betäubt. Ich konnte nicht fassen, daß der alte Mann so grausam war. Wie konnte jemand in einem Augenblick so großzügig sein Essen teilen und im nächsten eine unschuldige Kreatur derart quälen?

»Laß den Belafisch frei«, verlangte ich. »Er wird sterben, wenn er nicht bald wieder ins Wasser kommt.«

»Dann wird er eben sterben«, entgegnete Sechs-Finger unerschütterlich. »Ich gebe diesem Fisch aber eine Chance, sein Leben zu retten. Nur diese eine Chance.«

»Was ist es?« schrie der Belafisch. »Ich mache alles.«

»Sag mir, wo ich das Blutmeer-Monster finden kann«, forderte der alte Mann.

Der Belafisch sah erst mich an und dann den alten Mann. »Das willst du nicht wirklich wissen«, sagte er.

»Doch, in der Tat«, beharrte Sechs-Finger. »Wenn du leben willst, mußt du mir das sagen. Und du mußt es mir jetzt sofort sagen.«

»Wenn du noch länger leben willst, ruderst du sofort zur Küste«, gab der Fisch zurück.

Angesichts der Tragweite dieser Worte riß ich die Augen auf. »Willst du etwa behaupten, dieses Ungeheuer existiert wirklich?« schrie ich.

»Es existiert, ja, oh, ohne Frage – ja«, erwiderte der Belafisch. »Und ich kann euch versichern, daß auch wir so schnell wie möglich wegschwimmen, wenn wir seine Nähe spüren.«

»Warum?«

Der Belafisch blinzelte. »Du weißt es wirklich nicht?«

»Nein.«

Der Fisch versuchte zu lachen, aber er verlor bereits seine

Kraft. Statt dessen antwortete er mit schwacher Stimme: »Es gibt nur einen Grund, warum bisher niemand das Blutmeer-Monster gesehen und diese Begegnung überlebt hat. Es bewegt sich durch das Wasser wie ein dunkler Schatten. Und das Wasser in seinem Sog ist kalt, leer... tot.«

»Das verstehe ich nicht«, sagte ich verwirrt.

»Das wirst du noch gut genug verstehen, wenn ihr eure törichte Suche fortsetzt«, entgegnete er. »Ich bitte euch, macht...«

»Genug!« explodierte der alte Mann, der dabei war, den Belafisch abzuschneiden. Er hob den Fisch mit beiden Händen hoch und herrschte ihn an: »Wo ist die Bestie? Wenn das alles sein soll, kommst du in den Kochtopf, auch wenn du schlecht schmeckst!«

»Ich habe nur versucht, euch zu retten«, keuchte der Fisch. »Aber wenn du es unbedingt wissen willst, sage ich es dir.«

»Dann sprich, und zwar schnell«, sagte der alte Mann barsch; er beugte sich weit zu dem Belafisch hinunter, um seine Worte verstehen zu können.

»Die Bestie, die du suchst, lauert ganz in der Nähe. In der Nähe des Zentrums vom Blutmeer, wo ein Schiff in den Mahlstrom eingesogen worden ist. Verstehst du, es ist der Schwanz des Monsters, der ständig peitscht, er erzeugt den Strudel; und es ist der Dampf, der aus seinem Körper aufsteigt, der den tobenden Sturm erzeugt, der immer über dem Zentrum des Meeres wütet.«

Ich erschauerte. Mir fiel die Leiche wieder ein und die Planke mit dem Namen *Die Perechon.*

Der alte Mann grunzte vor Zufriedenheit. Die Worte des Belafisches hatten Sechs-Finger-Fiske keineswegs verängstigt, so wie sie mich verängstigt hatten. Nach all den Jahren war er endlich seiner Rache nahe.

Der alte Mann hielt sein Wort und warf den Belafisch über Bord. Dann übernahm Sechs-Finger fieberhaft die Ruder und steuerte auf das todbringende Zentrum des Blutmeeres zu. Doch während er ruderte, schwamm der Belafisch dicht neben dem Boot her und warnte ihn: »Du begehst einen Fehler. Rudere zurück! Fahr nicht dorthin!«

Als der alte Mann den Fisch ignorierte, wandte sich das Tier schließlich mir zu und schrie: »Du warst so liebenswürdig zu mir. Ich will dir helfen. Hör auf mich und spring über Bord. Rette dich selbst!«

Die Meer-Elfen sind Verwandte meines Volkes, aber das bedeutet nicht, daß ich wie ein Fisch schwimmen kann. Wir waren Meilen von der Küste entfernt, und der Gedanke, ich würde mich mitten ins Blutmeer stürzen, erschien mir daher wie eine Aufforderung, ich solle mir das Leben nehmen. Trotz meiner Angst entschied ich mich deshalb, bei dem alten Mann zu bleiben.

Aber ich wäre sowieso geblieben. Etwas von der grimmigen Entschlossenheit des alten Mannes hatte einen Nerv in mir getroffen. Er war sich seines Vorhabens so sicher, so ohne Angst, daß es mein Vertrauen beflügelte. Ich war von der Sicherheit des alten Mannes im Boot beeindruckt – wie er den Belafisch gefangen und so fachmännisch eingeholt hatte. Aber vor allem dachte ich, daß es wunderbar sein müßte, wenn ich die große Tat miterleben könnte, wenn der alte Mann wirklich den Monsterfisch fangen würde. Sechs-Finger-Fiske würde berühmt werden, ja, aber auch ich! Ich würde eine Rolle im größten Abenteuer unserer Zeit spielen; ich würde der berühmteste Elf auf der ganzen Welt sein, wenn ich helfen könnte, das Blutmeer-Monster zu fangen.

Der alte Mann ruderte lange Zeit. Sein Atem wurde allmählich unregelmäßig und prustend.

»Laß mich eine Weile rudern«, bot ich ihm an. »Du mußt deine Kräfte schonen, für den Moment, wo das Ungeheuer anbeißt.«

»Da hast du recht«, stimmte Sechs-Finger zu. »Ich bin froh, daß du hier bist.«

Seine Anerkennung rief ein Lächeln auf mein Gesicht. Ich tauchte die Ruder ins Wasser und ruderte, so schnell ich konnte.

Es dauerte nicht lange, bis der Mond und die Sterne von umherwirbelnden Wolken verdeckt wurden. Wir kamen in die Ausläufer des Sturmes, der über dem Zentrum des Meeres hing. Der Wind blies rauh und kalt. Und auch die See begann unter dem Boot unruhig zu werden. Wir näherten uns dem Strudel – und damit dem Monster.

»Zieh die Ruder ein«, befahl der alte Mann. »Ich will hier meine Angelleine auswerfen...«

Das Rudern hatte mich ermüdet, und ich war erleichtert über eine Pause. Ich rieb meine schmerzenden Arme, während ich den alten Mann beobachtete, der seine Leine in dem dunklen, scharlachroten Meer auswarf.

Meine Augen hefteten sich auf die Leine, die über dem Boot hing. Ich malte mir aus, daß unverzüglich etwas anbeißen würde. Aber bald wurden meine Augen so müde wie meine Arme, und ich sackte im Boot zusammen und kuschelte mich in die Netze, um mich zu wärmen. Vom Wind geschützt, fühlte ich mich besser und sicherer. Sobald meine Aufregung nachließ, schlich sich die Erschöpfung heran, und ich trieb in den Schlaf.

Ich weiß nicht, wie lange ich gedöst habe, aber als ich meine Augen wieder aufschlug, hörte ich den alten Mann husten und murren. Er tat mir leid, wie er in der naßkalten Nacht dasaß und sich abkämpfte, um seinen Traum lebendig zu halten, diesen großen Fisch vor seinem Tod noch zu erwischen. Es schien ein Traum zu sein, der unerfüllt bleiben würde, denn die Nacht verstrich, und nichts hatte angebissen.

Überhaupt nichts hatte angebissen!

Der Atem blieb mir plötzlich in der Kehle stecken. Es war unmöglich, daß in der ganzen Zeit nicht ein einziger Fisch vorsichtig angebissen haben sollte, sofern das Gewässer hier nicht *tot* war. Aber falls das so war...

Eine schreckliche Angst packte mich, und ich wollte dem alten Mann sagen, er solle seine Angel einholen. Aber ich erhielt dazu keine Gelegenheit mehr. Denn im selben Moment schrie er: »Ich habe etwas an der Angel!«

Die Leine wurde so straff, daß sie zu reißen drohte. Und obwohl der alte Mann dem Fisch am anderen Ende immer mehr Leine ließ, war er nicht schnell genug.

Das kleine Boot wurde durch das Wasser gezogen!

Anfangs bewegten wir uns träge über das unruhige Meer, doch dann wurde das Boot immer schneller, und bald schwebten wir wie ein Drache im Flug über die Wellenkronen.

Der alte Mann wußte etwas Besseres, als die Leine in seinen bloßen Händen zu halten. Er hatte die Leine um ein Ruder gewickelt, und das hatte er dann geschickt am Bug eingeklemmt.

Aber nicht geschickt genug. Die Leine scheuerte am Holz, als die Kreatur am anderen Ende uns immer weiter zog.

Aus Furcht, daß ihm die Leine ausgehen und er seinen Fang verlieren würde, band der alte Mann das Ende der Leine um seinen Körper und machte sich für den endgültigen Kampf bereit.

Als ich diesen kühnen Entschluß des alten Mannes sah, sprang ich zu ihm in den vorderen Teil des Bootes, um ihn zu unterstützen. Falls es zu Ruhm kommen sollte, wollte ich meinen Anteil. Ich bekam das Seil neben ihm zu fassen, zerrte daran und versuchte, die Fahrt des Fisches aufzuhalten.

Sechs-Finger-Fiske beachtete meine Bemühungen nicht. Statt dessen schrie er zum Himmel hinauf: »Ich habe das Blutmeer-Monster gefangen! Ich habe es erwischt, und ich lasse es nicht mehr los!«

Ich folgte Sechs-Finger-Fiskes Blick zum Himmel, aber außer schweren, unheilvollen Wolken konnte ich nichts entdecken. Erst dann wurde mir bewußt, in welche Richtung wir uns bewegten. Der große Fisch zog unser Boot direkt in den Mahlstrom hinein! Falls wir nicht schnell die Richtung ändern würden, würden wir in den Wirbel eingesogen werden und am Boden des Blutmeeres umkommen.

»Wir müssen ihn zum Wenden bringen!« schrie ich. »Sieh doch, wohin er uns zieht!«

Der alte Mann hörte mich und verstand auch bald, was ich meinte. Er holte tief Luft, und mit der ganzen Kraft, die er aufbringen konnte, zog er an der Leine. Gleichzeitig zog auch ich.

Plötzlich wurde die Leine schlaff. Es funktionierte!

»Wir haben gewonnen!« schrie Sechs-Finger-Fiske vor Freude. »Siehst du es nicht? Er ist erschöpft. Er ist geschlagen. Er gibt den Kampf auf!«

Der alte Mann war außer Atem. Doch obwohl er geschwächt war und seine Brust sich vor Anstrengung hob und senkte, begann er eilig, das Monster einzuholen.

Ich wich zurück und beobachtete erregt, wie er eine Armlänge um die andere die Leine hochzog. Wir hatten es wirklich geschafft. Der alte Mann würde eine Legende werden. Und wenn wir die Bestie zur Küste befördern würden, würde ich neben Sechs-Finger-Fiske stehen. Und die Leute würden sagen: »Seht mal, Duder Basillart war ein diebischer Dunkelelf, aber seht, was er jetzt vollbracht hat! Er hat diesem alten Fischer geholfen, das Blutmeer-Monster zu fangen.«

Ich lehnte mich über die Bootsseite und wartete gespannt

darauf, unseren Fang zu sehen. Immerhin standen mir zwei Prozent zu. Sobald wir uns der Küste genähert hätten, wollte ich Sechs-Finger an sein Versprechen erinnern. Für mich bestand kein Zweifel, daß zwei Prozent von diesem Fang ein Vermögen darstellen würden.

Als ich in das Wasser starrte und nach dem Fisch suchte, begann das Meer zu brodeln. Und dann hörte ich ein Tosen und Brausen, das von unterhalb des Bootes zu kommen schien. Egal, in welche Richtung ich schaute, überall fing das Meer an zu schäumen.

»Was ist los?« schrie ich.

Der alte Mann sagte kein Wort. Er hörte auf, die Leine einzuziehen, und saß einfach mit einem ehrfürchtigen Gesichtsausdruck da.

Das Meer unter uns begann in einem gewaltigen Aufruhr zu brausen, und plötzlich erkannte ich, daß nicht der alte Mann das Blutmeer-Monster gefangen hatte. Es war umgekehrt.

»Schneide die Leine durch!« kreischte ich. »Laß ihn frei!«

Der alte Mann schien unentschlossen. In ihm wütete der Kampf zwischen seinem Entschluß, Rache zu nehmen, und seinem Wunsch zu leben.

Das Meer begann zu toben, und das kleine Boot wurde von einer Welle zur nächsten geschleudert. Immer noch hatte der alte Mann keine Entscheidung gefällt. Dachte er an seinen Vater? An seinen Bruder? An seine Söhne? Oder an seine arme, unglückliche Frau? Ich wußte nicht, warum er wie angewurzelt dasaß; ich wußte lediglich, daß wir uns mit großer Sicherheit zu seiner Familie in die Finsternis des Todes begeben würden, wenn wir noch länger zauderten.

Das Brausen, das ich vom Grund des Meeres gehört hatte, wurde noch lauter, und Dampf begann in einer Wolke emporzusteigen und deckte uns wie ein Leichentuch zu.

Der Aufschrei der Bestie und die Wolke, die uns einhüllte, schienen den alten Mann endlich aus seiner Betäubung zu rütteln. Er griff nach seinem Messer und schickte sich an, die Leine durchzuschneiden. Doch seine Hände zitterten, und er ging so ungeschickt mit dem Messer um, daß er es auf den Schiffsboden fallen ließ.

In diesem Moment schäumte das Meer vor dem Boot heftig auf. Etwas Entsetzliches brach aus der Tiefe hervor. Ich konnte nicht viel erkennen, denn über seinen wuchtigen Körper lief blutrotes Wasser. Gigantische Flügel peitschten auf und fachten den Wind so stark an, daß mich dessen schreckliche Wucht kaum atmen ließ. Außer Sechs-Finger-Fiskes glänzendem Metallhaken, der sich zwischen zwei riesigen Zähnen verfangen hatte, konnte ich im Gesicht der Bestie kaum etwas erkennen.

Ohne Messer konnte der alte Mann die Leine nicht durchschneiden. Seine einzige Hoffnung war, den Haken von dem Monster freizubekommen, und so riß und zerrte er aus Leibeskräften an der Leine.

Als die Bestie zornig aufbrüllte, schlug ich meine Arme vors Gesicht und kauerte mich auf dem Boden des Bootes zusammen. Neben mir hörte ich etwas aufschlagen, aber meine Angst war zu groß. Ich sah nicht hin.

Und ich bin froh, daß ich es unterließ, denn durch die donnernden Geräusche der Bestie und des Meeres hörte ich etwas, was ich auf keinen Fall miterleben wollte. Es war offenbar der alte Mann, der den Verstand verlor und die Bestie anbrüllte, als ob er sie kennen würde! In der Tat lachte Sechs-Finger-Fiske – es war ein bitteres Lachen. »Nur ein Narr sucht dich auf, bevor seine Zeit gekommen ist – und ich bin dieser Narr!« schrie er. Und dann, wieder ruhig und gelassen, fuhr er fort: »Ja, ich hätte es wissen müssen. Nicht ich habe dich gesucht, sondern du hast mich gesucht.« Plötzlich rief er: »Das Licht!«

Es war immer noch dunkel. Ich verstand nicht, was er damit meinte. Aber um die Wahrheit zu sagen, interessierte es mich auch nicht. Ich sorgte mich nur noch um mich selbst. Und in diesem Moment glaubte ich, daß ich sterben würde.

»Deine Zeit ist noch nicht gekommen«, brüllte eine krächzende Stimme tief in meinem Kopf, wie als Antwort auf meine Angst. Es war eine Stimme, die uralt zu sein schien.

Im nächsten Moment spritzte das Meer laut auf, und eine Riesenwelle stieg aus ihm empor und hob das Fischerboot hoch. Ich klammerte mich an die Planken des Schiffsbodens und bebte vor Angst, daß die Welle über mich stürzen und mich ins Meer schleudern würde. Aber das Boot blieb auf dem Wellenkamm schweben und stürmte rasend schnell Meile für Meile von dannen, bis sich die Welle schließlich verausgabt hatte.

Erst als das Boot allmählich anhielt, fand ich wieder Mut, meine Augen zu öffnen.

Der alte Mann war nicht mehr da, er war verschwunden.

Ängstlich und verwirrt suchte ich das Meer um das Boot herum ab. Ich hoffte immer noch, ein Zeichen von Sechs-Finger-Fiske zu entdecken. Aber nichts dergleichen. Es war immer noch dunkel, und ich war ganz allein.

»Deine Zeit ist nicht gekommen«, flüsterte ich, und die Worte des Riesenmonsters hallten in meinem Kopf nach.

Meine Finger stießen gegen etwas Scharfes, als ich auf den Schiffsboden stürzte. Ich zuckte zusammen. Ich hatte einen tiefen Schnitt im Daumen. Schnell hielt ich meine Hand an den Mund, um das Blut wegzusaugen und den Schmerz zu stillen.

Als ich hinunterschaute, um zu sehen, woran ich mich geschnitten hatte, war ich erstaunt, einen riesigen, abgebrochenen Zahn neben meinen Füßen liegen zu sehen.

Zuerst hatte ich Angst, mich diesem Zahn zu nähern. Mit einem Ruder schob ich ihn zur anderen Seite des kleinen Bootes.

Schon der Gedanke an den klaffenden Kiefer, in dem dieser Zahn gesessen hatte, ließ mich vor Angst erschauern.

Ich wollte von diesem verfluchten Blutmeer verschwinden und diese schreckliche Nacht schnell vergessen.

Es war immer noch dunkel, aber ich konnte an den Sternen erkennen, daß die Nacht ihrem Ende entgegenging. Ich sehnte mich verzweifelt nach der Sonne, um meine Seele wärmen zu lassen.

Ich trauerte um Sechs-Finger-Fiske; das tat ich wirklich. Ich konnte nicht aufhören, an ihn zu denken und an seine seltsamen Worte, bevor er in den Wellen verschwand. Aber ich mußte an mich selbst denken, und darum orientierte ich mich an den Sternen und begann zur Küste zu rudern. Und je länger ich ruderte, um so froher und dankbarer wurde ich, daß ich noch lebte. Ich hatte überlebt. Und während ich langsam das Boot zurück zu dem Fischerdorf ruderte, wo das Abenteuer angefangen hatte, begann ich nachzudenken...

Ich sah alles vor meinem geistigen Auge. Ich, Duder Basillart, hatte das große Blutmeer-Monster gesehen, und ich hatte überlebt, um die Geschichte erzählen zu können. Zwerge, Minotaurier, Kender – wirklich alle – würden aus allen Teilen der Welt kommen, um mir zuzuhören, wie ich mit großem Mut versucht hatte, das mächtige Meeresungeheuer zu fangen; wie ich mit meiner ganzen Kraft am Seil gezogen und das Monster von seinem Kurs abgebracht hatte. Wie ich versucht hatte, den alten Mann zu retten, und ihm zugeschrien hatte, er solle die Leine durchschneiden. Und ich würde ihnen von dieser bösen, furchterregenden Kreatur mit Flügeln und einer tiefen, polternden Stimme erzählen. Ja, ich würde ihnen erzählen, wie sie *zu mir gesprochen hatte!* Daß sie mich wegen meines Mutes verschont hatte. Ja, das würde ich erzählen.

Und wer würde daran zweifeln?

Hatte ich denn nicht einen Zahn von dem Monster? Gab es auf der ganzen Welt etwa einen ähnlichen Zahn von einem anderen Monster? Nein, ich hatte damit den Beweis für mein wundersames Abenteuer, und meine Zukunft war gesichert. Mehr als gesichert, sie war perfekt!

Ich konnte mir nicht leisten, diesen Zahn zu verlieren. Denn ohne Zahn war ich ein Nichts. Anstatt Angst vor ihm zu haben, nahm ich ihn bereitwillig an, nahm den Rest der Angelleine von Sechs-Finger und hängte den abgebrochenen Zahn um meinen Hals. Er war so lang, daß er mir bis zur Taille hinunterbaumelte. Nichts würde ich zwischen mich und meinen glorreichen Fund kommen lassen. Nichts.

Die Gedanken an meine Zukunft wühlten mich so auf, daß ich immer schneller zum Hafen ruderte. Ein ganz neues Leben erwartete mich bei Tagesanbruch. Und dann ruderte ich noch schneller, denn ich dachte an all die Geschenke, die ich erhalten würde, das großartige Essen, das man mir servieren würde. Es würde ihnen leid tun, daß sie mich ausgestoßen hatten, mich zum Dunkelelfen gemacht hatten. Ja, es würde ihnen leid tun, weil mein Name in aller Munde sein würde. Von allen Elfen, die je auf Krynn gelebt hatten, würde man mich am meisten beneiden!

Der Himmel begann sich aufzuhellen. Bald würde es dämmern. Am Horizont konnte ich einen dunklen Klecks ausmachen. Das konnte nur das Land sein.

Schneller und schneller ruderte ich. Ich war Feuer und Flamme bei all den Gedanken an Größe und Erhabenheit – bis das Meer um mich herum plötzlich zu schäumen begann. Die Wellen hoben und senkten sich, und ich verlor die Kontrolle über das kleine Boot.

Nein! Bitte! Das Land ist so nah!

Ich verlor ein Ruder. Es glitt aus meiner Hand und platschte nahe der Bootswand ins tosende Wasser. Ich mußte das Land erreichen. Ich brauchte das Ruder. Ich griff über die Bootswand – und sah das Blutmeer-Monster direkt vor mir aus den Tiefen hervorbrechen.

»Jetzt ist deine Zeit gekommen!« hörte ich die gleiche krächzende Stimme in meinem Kopf flüstern.

Ich sah hoch in sein Gesicht – und war wie gelähmt, denn ich sah in ihm mein eigenes Gesicht widergespiegelt. Das Gesicht veränderte sich schnell. Erst war es jung, dann wurde es alt, und dann, vom Zahn der Zeit erfaßt, blieben nur noch Schädel und leere Augenhöhlen übrig. Trotzdem war ich es. Immer ich.

Ich wollte mit ihm streiten, kämpfen, weglaufen. Aber in meinem Kopf sagte die Stimme: »Einige sterben alt, zufrieden mit ihrer Weisheit. Einige sterben jung, mit törichten Träumen. Ich komme zu allen.«

Ich klammerte mich an den Zahn: Der sollte doch mein Leben verändern. Und das tat er auch. Ich hatte mich zu weit über die Bootswand gebeugt, und als das Boot von den Wellen hin und her geschaukelt wurde, zog mich das Gewicht des Zahnes um meinen Hals über Bord.

Und dann sah ich das helle, blendende Licht.

Jetzt sehe ich alles. Und nichts.

Nur einen Steinwurf entfernt

Roger E. Moore

Die Zitadelle des Magus breitete sich auf dem düstersten Gipfel von ganz Krynn aus. Eine schwarze Gewitterwolke drohte über sie am Himmel und ließ Blitze über die kahlen Hänge zucken. Winzige Spuren von Leben, die am Gestein hingen, und Staub wurden von einem kalten Wind unablässig durchgeblasen.

Seit dreihundert Jahren hatte sich kein Sterblicher dem Gipfel mehr als auf Sichtweite genähert; der brodelnde Sturm bereitete jedem Wunsch nach Weiterreise und jeder Neugierde ein Ende. Lords und Könige richteten ihre Aufmerksamkeit auf andere Dinge; große Zauberer untersuchten weniger gefährliche Geheimnisse.

Folglich wurde der Hausherr der Zitadelle unvermutet in Verwirrung, Zorn und Faszination versetzt, als er innerhalb seines Schlosses auf einen Eindringling stieß. Er befahl seinen untoten Dienern, den Eindringling in sein Arbeitszimmer zu schaffen, dann zog er sich dorthin zurück, um ihn zu erwarten.

Es war keine unbedeutende Leistung, diesen Eindringling zu fangen, denn er war recht geschickt darin, seine Verfolger abzuschütteln. Dennoch betraten zwei der menschenähnlichen Konstrukte, die dem Magus dienten, pünktlich das Arbeitszimmer. Der Eindringling baumelte an ausgestreckten Armen zwischen ihnen.

Der Magus betrachtete aufmerksam den Eindringling, der mit dem Strampeln aufhörte, sobald er den Magus erblickte. Er war nur wenig größer als ein Meter und schmächtig gebaut; er hatte leuchtendbraune Augen und das Gesicht eines zehnjährigen Kindes. Schmale, spitze Ohren preßten sich gegen sein hellbraunes Haar, das auf seinem Kopf zu einem Pferdeschwanz gebunden war. Der Magus erkannte, daß er einen Kender vor sich hatte, eine lästige, unbedeutende Rasse, die die Welt mit ihm teilte.

Der Magus war daran gewöhnt, Angst und Entsetzen in den Gesichtern seiner Gefangenen zu sehen. Es entwaffnete ihn, daß er diesmal mit lebhafter Neugierde und einem Mund, der vor Überraschung sperrangelweit geöffnet war, angestarrt wurde. Dann lächelte der Gefangene plötzlich wie ein kleiner Junge, den man mit einer Hand in einer Keksdose erwischt hat.

»Hallo«, sagte der Eindringling, »du mußt einer von diesen Nekro-Burschen-, diesen Nekromatiker-Thaumaturbinen, also diesen Dingsbums sein.« Er reckte seinen Hals und begutachtete das Arbeitszimmer, als wäre es das Wohnzimmer eines Freundes. »Nettes Plätzchen hier.«

Leicht verärgert nickte der Magus: »Seit vielen Jahren hatte ich keinen Besucher mehr hier. Heute fand ich dich auf einmal in meiner Festung. Um der Höflichkeit willen werde ich erst nach deinem Namen fragen, bevor ich eine Erklärung verlange, wie du hierhergekommen bist.«

Der Eindringling wand sich einen Moment, aber gegen den Griff der beiden zwei Meter großen Kolosse, die ihn gepackt hielten, konnte er nichts ausrichten. Mit einem Seufzer fand er sich damit ab, in dieser Haltung sprechen zu müssen.

»Mein Name ist Tolpan Barfuß«, begann er munter. Dann fügte er hinzu: »Könnten deine Wachen mich nicht mal auf den Boden stellen? Meine Arme tun schon weh.«

Der Magus ignorierte seine Bitte. »Tolpan. Ein ungewöhnlicher Name. Barfuß ist meines Wissens bei den Kendern weitverbreitet. Wie bist du in diese Festung gekommen?«

Tolpan lächelte voll bezwingender Unschuld, obwohl er sicher war, daß seine Arme mit blauen Flecken übersät sein würden. »Oh, das weiß ich nicht genau. Ich wanderte umher und sah deinen Platz hier oben, und da dachte ich, ich komme vorbei, um mich nach deinem Wohlbefinden zu erkundigen...«

Der Magus zischte wie eine Viper, die durch einen Tritt aufgeschreckt wurde. Tolpans Stimme verklang. »Das funktioniert wohl nicht, oder?« beendete Tolpan matt den Satz.

»Wicht!« fauchte der Magus wütend. Sein totenkopfgleiches Gesicht wurde vor Zorn leichenblaß. »Ich verschwende meine Zeit. Rede offen!«

Obwohl die Kender es lieben, Leute in Wut zu versetzen und zu foppen, können sie durchaus ohne Umschweife reden, wenn man sie in die Enge treibt. »Na gut«, begann Tolpan. »Ich weiß wirklich nicht, wie ich hierhin gekommen bin. Ich meine, uh, ich steckte diesen Ring an...« – er deutete mit einer Kopfbewegung auf seine linke Hand – »und ich wurde hierher teleportiert, aber, äh, ich weiß nicht, warum ich das tat. Es ist, uh, einfach passiert.«

Schweigen setzte ein. Es knisterte vor Spannung. Der Magus starrte den Kender forschend an. »Dieser Ring war es?« fragte er schließlich und zeigte auf einen Ring mit vielen Gravuren und einem großen Smaragd, der am Ringfinger des Kenders steckte.

»Ja«, antwortete Tolpan seufzend. »Ich fand ihn vor einer Woche, und er sah recht interessant aus. Na ja, als ich ihn ansteckte, wurde ich teleportiert.« Der Kender grinste aus lauter Verlegenheit ein wenig verkniffen. »Offenbar kann ich das Teleportieren aber nicht richtig kontrollieren.«

Einen Moment lang hatte Tolpan den Eindruck, daß der Magus ihm nicht glauben würde. »Du hast ihn angesteckt, und dann bist du hier aufgetaucht. Ein Ring also, der seinen Träger teleportiert.« Der Magus schien die Wahrscheinlichkeit dieser Möglichkeit abzuwägen.

Tolpan zuckte die Achseln. »Also, er hat seine positiven und negativen Sei...«

»Nimm ihn ab«, befahl der Magus.

»Ihn abnehmen?« fragte Tolpan schwach, und sein Grinsen verschwand. »Uh, nun, ich will es versuchen, wenn deine großen Freunde mich loslassen.«

Der Magus machte eine Handbewegung, und die untoten Konstrukte lösten ihren Griff und ließen den Kender auf den Boden fallen. Der Gefangene erhob sich, rieb seine Arme, seufzte und ergriff dann mit der anderen Hand den Ring. Er zog und zerrte, bis sein Gesicht rot anlief, aber seine Versuche blieben erfolglos.

»Laß mich einmal versuchen«, sagte der Magus.

Unwillkürlich versteckte Tolpan seine Hand mit dem Ring. Zwar fürchtete er den Magus nicht, aber er war auch nicht darauf erpicht, daß der Magus sich ihm näherte.

Der Magus sprach daraufhin einige Worte, und die Luft war plötzlich mit Energie geladen. Um die rechte Hand des Magus leuchtete ein Lichtkranz auf. Langsam streckte er sie nach Tolpan aus.

»Zeig den Ring«, befahl der Magus.

Tolpan hielt widerwillig seine Hand hoch und hoffte, daß der Zauberer seinen Arm nicht wegsprengen würde. Mit ruhiger Zuversicht langte der Magus nach dem Ring und berührte ihn.

Ein blendender, grüner Blitz flammte im Raum auf. Ihm folgte ein lauter Aufschlag. Tolpan riß überrascht seine Hand weg, aber sie war unverletzt geblieben. Als sich sein Blickfeld klärte, konnte Tolpan den Magus beobachten, wie er sich am anderen Ende des Zimmers langsam hochrappelte. Der Blitz hatte den Magus wie einen alten Stock weggeschleudert.

»Alle Achtung!« stieß der Kender mit weitaufgerissenen Augen aus. »Hat das der Ring gemacht? Ich hatte keine Ahnung…«

Ein langgezogenes Zischen entfuhr den Lippen des Magus. Tolpan verstummte unverzüglich. Ungefähr eine Minute lang sagte der Magus gar nichts, dann staubte er seine Roben ab und sah die Konstrukte an.

»Packt ihn«, wisperte der Magus. Seine Stimme erinnerte Tolpan an das Schließen einer Mausoleumstür.

»Also«, sagte Tolpan zu sich, und seine Stimme hallte von den Wänden seiner Zelle zurück. »Ich nehme an, ich habe mich schon in dümmeren Situationen befunden.«

Unglücklicherweise fiel ihm aber keine ein, die tatsächlich schlimmer war als die, in der er sich gerade befand. Er war fast überzeugt, daß die Götter von Krynn zornig auf ihn waren und ausgerechnet jetzt mit der Todesstrafe für ihn liebäugelten.

Er durchforstete sein Gehirn auf der Suche nach einer Sünde, die er begangen haben könnte, außer daß er öfters fluchte und sich Gegenstände ausborgte, die er nicht wieder dorthin zurückstellte, wo er sie gefunden hatte. Andere Leute bezeichneten es als Diebstahl, aber dieser Ausdruck traf ihn schmerzlich. Es war ein Weiterleiten, ein Ausborgen, aber kein Stehlen. Da gab es einen entscheidenden Unterschied, obwohl für Tolpan diese Unterscheidung recht verschwommen war und er auch noch nicht ganz schlau daraus geworden war.

Er rollte sich zur Seite und setzte sich auf. Die Konstrukte hatten ihn in eine Zelle geworfen, in der ihm als einzige Lichtquelle eine schwach brennende Kerze zur Verfügung stand.

Bündel von Spinnweben hingen von der Decke. Tolpan schlug teilnahmslos mit seiner Hand auf den Boden, so daß der Ring in einem einsamen Rhythmus klickte.

Ich hätte auf Mutter hören und im Schreibergewerbe tätig werden sollen, grübelte er, *aber es war viel interessanter gewesen, Karten zu erstellen und zu reisen, als Geschäftsbücher zu führen.* Als Kind hatte er sein Zimmer mit Dutzenden von Karten behängt und die Namen jeder Ortschaft auswendig gelernt. Es war eine wunderbare Entspannung für ihn, wenn er sich unwahrscheinliche Geschichten über seine Reisen ausdachte, mit denen er seine Freunde stets belustigte und unterhielt.

Tolpan hatte häufig Versuche unternommen, eigene Karten zu zeichnen, aber er verfügte nicht über die notwendige Disziplin, die man für das akkurate Zeichnen einer Karte braucht. Infolgedessen empfand er sich eher als Erforscher, der keine genauen Karten erstellen müßte, sondern jenen die Aufgabe überlassen konnte, die nach ihm kommen würden. Sie sollten sich um derartige Kleinigkeiten wie die Richtung, in der Norden lag, kümmern. Als erster an einem Ort zu sein – darauf kam es an. Das anschließende Zeichnen war dagegen uninteressant.

Seit Jahren war er nun schon durch die Welt gereist, und er erinnerte sich an viele große und kleine Sehenswürdigkeiten. Auf einem hohen grauen Berg hatte er einen Kampf zwischen einer goldenen Chimäre und einem Mantikor mit blutbefleckten Stoßzähnen beobachtet, der bis zum Äußersten ausgetragen wurde. Die Qualinesti, das Elfenvolk der Hochwiesen, hatten ihn eingeladen, an der Krönung eines Prinzen ihres Waldreiches teilzunehmen, und dazu hatten sie Tolpan in seltene und prächtige Gewänder aus Silber und Seide gekleidet. Er hatte mit Wanderern aus einem Dutzend Nationen und allen höflichen Rassen und einigen nicht so höflichen Rassen gesprochen.

Von Zeit zu Zeit traf Tolpan einen alten, abenteuerlustigen

Wandersfreund wieder, mit dem er dann zusammen weiterreiste. Er zeichnete grobe Karten von seinen Reisen, die er seinen Freunden zeigte, und erzählte bis ins einzelne seine Abenteuer, um Eindruck zu machen. Gespannt wartete er jedesmal auf ein Lächeln seiner Zuhörer. Er liebte es, anhand einer Karte Geschichten zu erzählen.

Trotzdem war das Kartenzeichnen nicht sein einziges Hobby. Gelegentlich sah Tolpan etwas Kleines und Interessantes in Reichweite. Wenn niemand hinschaute, borgte er sich den Gegenstand aus, um ihn bewundern zu können; wenn er mit dem Betrachten fertig war, war jedoch häufig der Besitzer verschwunden. Mit einem Seufzer mußte er dann den Gegenstand in einen seiner vielen Beutel werfen und weiterziehen. Nie hatte er die Absicht, etwas zu stehlen. Aber so ereignete es sich stets.

Eine Woche zuvor hatte Tolpan diesen Ring gefunden.

Tolpan kratzte sich im trüben Licht an der Nase, und alles fiel ihm wieder ein. Er war in seiner Heimatstadt gewesen, einer bäuerlichen Gemeinde namens Solace. Er war früh aufgestanden, um in einer nahe gelegenen Bäckerei warmes Gebäck zu kaufen. Während er wartete, daß das Geschäft aufmachte, hörte er zwei Männer, die sich in einer Gasse in der Nähe laut stritten.

Der Streit entwickelte sich zu einer Rauferei, und plötzlich ertönte ein entsetzlicher Schrei, der den Kender aufspringen ließ. Drei Wachmänner, die gerade vorbeikamen, stürzten sofort in die Gasse, während der Mörder die Flucht ergriff.

Der schmalgesichtige Mörder floh überstürzt. Er stolperte über einen losen Stein, und um sich abzufangen, mußte er seine zusammengeballte Hand öffnen. Etwas Glitzerndes fiel daraus zu Boden und prallte neben Tolpan auf, der sich hinter einer Holzkiste an der Eingangstür zur Bäckerei versteckt hielt. Mit einer unauffälligen Bewegung deckte Tolpan den Ring zu, so daß er nicht mehr zu sehen war. Der Mörder zauderte, verfluchte den Verlust des Ringes und setzte dann seine Flucht angesichts der Wachmänner, die immer näherrückten, hastig fort. Innerhalb von Sekunden waren Verfolgter und Verfolger außer Sichtweite. Tolpan steckte den Ring mit einer lässigen, schwungvollen Gebärde ein und machte sich davon, um ihn untersuchen zu können.

Er hatte einen höchst beeindruckenden Fund gemacht, darüber bestand kein Zweifel: massives Gold, in das kleine Smaragde eingelassen waren, gekrönt von einem großen facettenreichen Smaragd, der ihm den Kopf verdrehte.

Mit Sicherheit war der Ring ein Vermögen wert, und man konnte sich mit ihm ein kleines Haus oder praktisch alles kaufen, was Tolpan sich vorstellen konnte. Aus Neugier verglich er zunächst seinen linken Ringfinger mit dem Durchmesser des Ringes, und dann steckte er den Ring an, um ihn zu bewundern.

Doch er fand bald heraus, daß der Ring nicht mehr abging. Er zog und zerrte, benutzte Seife und Wasser, alles ohne Erfolg. Einige Minuten nach seinem letzten Versuch, ihn zu entfernen, blitzte der Ring auf und durchsetzte die Umgebung im Blickfeld des Kenders mit einem samtweichen grünen Licht. Und im gleichen Moment teleportierte er ihn in den Ozean, der doch Hunderte von Meilen entfernt war.

Der Wechsel fand so plötzlich statt, daß Tolpan beinahe ertrunken wäre, bevor er die Geistesgegenwart hatte, zu paddeln, um sich über Wasser zu halten. Er mühte sich ab und wurde jede Minute erschöpfter. Dann brach eine große Welle über ihm, er würgte, und der Ring blitzte wieder grün auf und teleportierte ihn weiter – in eine Waldgegend voller Dornensträucher, die ihn zerkratzten.

So ging es tagelang weiter. Alle paar Stunden brachte der

Ring ihn an einen neuen Ort, den er nie zuvor gesehen hatte. Wenn Gefahr drohte, riß der Ring ihn aus der Situation heraus und beförderte ihn woandershin. Er wußte, daß der Ring verflucht und unkontrollierbar war und daß er lieber einen Weg finden sollte, das Teleportieren ganz einzustellen, bevor er noch in einen Vulkan fallen gelassen wurde. Zumindest lernte er, schnell genug zu schwimmen.

Es dauerte nicht lange, bis ihm auffiel, daß sich die Entfernung zwischen den einzelnen Sprüngen verringerte; schließlich wurde er jedesmal nur noch ungefähr eine Meile weiter teleportiert, dafür geschah dies um so häufiger. Da er sich verschiedene Orientierungspunkte gemerkt hatte, erkannte er auch, daß er sich in einer geraden Linie bewegte, und das munterte ihn auf: Der Ring brachte ihn irgendwohin. In der Tat – ein Abenteuer!

Dieses Hochgefühl verlor sich jedoch vollständig, als die riesige Gewitterwolke über dem Horizont in Sicht kam. Darunter, von flackernden Blitzen beleuchtet, erhob sich ein gewaltiger, verlassener Berg, der mit einer Zitadelle aus schwarzen Steinen gekrönt war. Er steuerte direkt darauf zu.

Tolpan stieß Worte hervor, die er einmal bei einem wütenden Barbaren gehört hatte. Er liebte Abenteuer, aber alles hatte seine Grenzen. Als wäre der Ring über seine Bemerkung verstimmt, teleportierte er ihn eine Sekunde später bereits weiter, bis er nur noch eine Meile von dem Berg entfernt war.

Kender kennen keine Angst, aber sie erkennen Unangenehmes sofort, wenn sie es sehen. Den Sturm, den Berg und die Zitadelle erkannte Tolpan sofort als etwas Unangenehmes. Er kletterte in einem irrsinnigen Versuch zu fliehen über Steine und Schutt. Der Ring blitzte wieder auf, und jetzt war Tolpan nur noch fünfzehn Meter von den entsetzlichen Mauern des Schlosses entfernt.

»Nein, nein! Halt!« kreischte er, während er versuchte, den Ring mit einem faustgroßen Stein zu zertrümmern. »Brr! Laß uns zurück zum Ozean! Ich will nicht...«

Ein grüner Blitz in seiner Zelle unterbrach den Kender mitten in seinen Gedanken. Eine Spinne, die Tolpan aus der Sicherheit der dunklen Zellendecke beäugt hatte, rollte vor Überraschung ihre Beine ein. Nun war sie wieder der einzige Zelleninsasse.

Zuerst dachte Tolpan, er wäre in eine Höhle teleportiert worden. Wie üblich hatte der Blitz ihn geblendet, doch als die Wirkung nachließ, war er immer noch nicht in der Lage, in der Dunkelheit etwas auszumachen. Nachdem er seine Umgebung mit den Händen abgetastet hatte, erkannte er, daß er sich in einem engen, quadratischen Tunnel befand, der nicht einmal einen Meter hoch war. Langsam kroch er blindlings in eine Richtung und überprüfte dabei den Boden nach Fallen oder tiefen Löchern (die offensichtlich nicht vorhanden waren). Bald tauchte vor ihm ein blasses Licht auf, und er bewegte sich schneller.

Zu seiner Rechten befand sich eine kleine, verriegelte, fensterähnliche Öffnung. Aufmerksam spähte er hindurch. Durch die Öffnung sah er in einen riesigen, in den Stein gehauenen Raum, der etwa dreißig Meter breit und fünfzehn Meter hoch war. Das Fenster war, wenn man vom Boden ausging, im obersten Drittel gebaut worden. Tolpan folgerte daraus, daß er sich in einer Art Lüftungsschacht aufhielt; beim Kriechen war ihm bereits ein leichter Luftzug aufgefallen, den er aber nicht weiter beachtet hatte.

In dem Raum flackerte Licht aus Dutzenden von Feuergefäßen, die in einem weiten, kreisförmigen Muster am Boden angeordnet waren. Als Tolpan auf das Muster starrte, wurde ihm klar, daß es sich um einen Beschwörungszirkel handelte, so wie

Zauberer ihn verwenden, um Geister aus anderen Ebenen anzurufen. Schwache Muster und Bilder, mit bunter Kreide gemalt, verschwanden in der Dunkelheit, die sich bewegte und sich über den bewegungslosen Flammen erstreckte.

Voller Schreck bemerkte Tolpan, daß sich jemand im Zimmer aufhielt. Tief unter der Öffnung schritt eine dunkelgekleidete Gestalt lautlos zum Rand des Kreises der Feuergefäße. Tolpan brauchte nur einen Moment, um zu erkennen, daß es sich um den Magus handelte. Er überlegte kurz, ob er sich verstecken sollte, aber seine Neugier siegte, und er drückte sich dichter an die Stangen.

Der Magus blieb ungefähr drei Meter vom Rand des Kreises entfernt in einem kleineren, mit Kreide gezogenen Kreis stehen. Eine Zeitlang schien er nur die Flammen zu betrachten. Rötliches Licht spielte über sein angespanntes, gespenstisch weißes Gesicht; seine dunklen Augen nahmen das Licht auf, reflektierten es aber nicht.

Langsam hob der Magus seine Arme und rief zu dem Feuerkreis etwas in einer Sprache, die der Kender niemals zuvor gehört hatte. Darauf knisterten die Flammen zuerst und schlugen höher; aber als der Magus weitersprach, verblaßten die Feuer und wurden wieder kleiner, bis sie fast unsichtbar waren. Die Luft wurde kälter, und Tolpan fröstelte. Er rieb seine Arme, um sich zu wärmen.

Tolpans Aufmerksamkeit wurde plötzlich auf die Mitte des Beschwörungszirkels gelenkt. Innerhalb der Feuergefäße erschienen auf dem Boden rote Streifen, die kreuzweise angelegt waren, als ob rote Lava den Boden aufplatzen lassen würde. Ein trüber Nebel hüllte das Zimmer ein, und die Flammen brannten heller. Ein seltsames Tosen, wie von einer Riesenwelle im Ozean, die zum Strand rollt, füllte allmählich den Raum und schwoll zu einem Donner an, der selbst das Gestein erzittern ließ. Tolpan hielt sich an den Gitterstäben fest und fragte sich, ob durch die Kräfte des Zauberers ein Erdbeben herbeigerufen worden war.

Tief unter ihm rief der Magus drei Worte. Nach jedem Wort explodierten Lichter und Flammen in der Mitte des Beschwörungszirkels. Jeder Blitz schmerzte die Augen des Kenders, aber er konnte seinen Blick nicht abwenden. Gelbes Magma glühte überhitzt und hell im Kreis und überstrahlte das Licht der Feuerstellen. Eine Hitzewelle rötete Tolpans Gesicht und seine Arme dort, wo sie nicht von seiner Fellkleidung bedeckt wurden. Der Magus dagegen schien von der Hitze überhaupt nicht berührt zu werden.

Ein letztes Mal sprach die dunkle Gestalt und rief einen einzigen Namen. Tolpan glaubte, sein Herz würde zu schlagen aufhören, als er ihn hörte und wiedererkannte. Das donnernde Tosen verstummte unmittelbar darauf, und eine unheimliche Stille setzte für den Zeitraum von sechs Herzschlägen ein.

Kreischend und zischend verschwand die Lava in dem Kreis vollständig. An ihre Stelle trat eine Dunkelheit, in der violettes Licht aufblitzte, das die Augen schmerzte und das einer Öffnung im Nachthimmel glich, obwohl es so etwas doch gar nicht geben konnte. Tolpan strengte sich bis zum Äußersten an, in dieses Loch zu sehen, als eine Gestalt von gigantischer Größe aus diesem nachtschwarzen Loch in den Raum trat.

Tolpan hatte schon Gerüchte über dieses Wesen gehört, das da auf einmal vor ihm stand, aber er hatte ihnen bisher niemals Glauben geschenkt. Das Wesen überragte den Magus; es war dreimal so groß wie ein Mensch. Anstelle von Armen baumelten zwei große Tentakel von seinen Schultern herab, und zwei Köpfe, die mit schwarzem Fell bewachsen waren, ruhten dort, wo sonst ein Kopf ist. Schuppen glitzerten an seiner Haut, und im Licht der Feuergefäße sah der Kender, daß an seinen Füßen

Krallen wie bei einem Raubvogel wuchsen. Schleim und Öl trieften von dem Wesen, und die Tropfen qualmten, wenn sie den Steinboden berührten.

Die Köpfe starrten auf den Magus herab. Die unheimlichen Münder sprachen mit kratzenden Stimmen, sie sagten dasselbe, aber verschoben um den Bruchteil einer Sekunde.

»Schon wieder«, sagten die Stimmen, »rufst du mich aus der Hölle, um meine Herrlichkeit mit deiner Anwesenheit zu besudeln. Du rufst meine göttliche Person, um deine nichtigen Wünsche zu erfüllen, und du forderst meinen ewigen Zorn heraus. Bitterlich wünsche ich Vergeltung zu üben an dieser Welt, daß sie dich geboren hat, du, der du mit dem Dämonenprinz wie mit einem Sklaven umgehst. Ich dürste nach deiner Seele wie ein sterbender Mensch nach Wasser.«

»Ich habe dich nicht gerufen, damit ich mir deine Probleme anhöre«, erwiderte der Magus mit gesprungener, dünner Stimme. »Gebunden bist du an mich, gebunden durch den Kreis. Du sollst mich erhören.«

Mit Schreien, so gräßlich, daß Tolpan seine Hände von dem Gitter riß und seine Ohren zuhielt, schossen die Köpfe des Wesens auf den Magus herab und wurden von geisterhaften Kräften zurückgeworfen, die wie Blitze funkelten und leuchteten. Die Tentakel des Wesens krümmten sich und zuckten durch die Luft wie die Peitschen von Titanen.

»AAAIIIEEE!!! Du erbärmlicher Wicht! So mit mir zu reden! Zehntausendmal sollst du verflucht sein, wenn sich diese Bande einst auflösen! Zehntausendmal werde ich dich mit meinen Fängen zermalmen, bis deine schwarze Seele fault!« Einige Minuten lang brüllte der Dämon seinen Zorn heraus. Der Magus stand vor ihm, reglos und stumm.

Mit der Zeit hörte der Dämon auf zu schreien. Sein Atem wurde zu einem langsamen, röchelnden Grollen.

»Sprich«, sagten die Köpfe gehässig.

»In meiner Festung hält sich ein Abenteurer auf«, sagte der Magus, »der einen Ring mit einem grünen Stein trägt. Es ist unmöglich, den Ring zu entfernen. Er hat den Abenteurer in meine Zitadelle teleportiert, obwohl das nicht seine Absicht war. Was ist das für ein Ring? Wie kann ich ihn von seiner Hand entfernen? Über welche Kräfte verfügt er?«

Der Dämon verdrehte seine Hälse. »Du rufst mich tatsächlich auf, um einen *Ring* zu identifizieren?«

»In der Tat«, antwortete der Magus und wartete.

Die zwei Köpfe beugten sich näher zu dem Magier. »Beschreibe mir den größten Stein.«

»Ein Smaragd in der Größe meines Daumens, in sechs Schichten und ohne Wolken rechteckig geschnitten. In der Oberfläche ist ein achteckiges Zeichen eingraviert, in das ein kleineres Achteck eingesetzt ist, und in dieses ein weiteres.«

Schweigen herrschte in dem düsteren Raum; selbst die ständig zuckenden Tentakel des Dämons rührten sich auf einmal nicht mehr. Nach einer Pause richtete sich das Wesen auf. Seine Köpfe drehten sich in verschiedene Richtungen. Tolpan wich an die gegenüberliegende Wand des Tunnels zurück, als ein Kopf sich in seine Richtung bewegte.

Der Kopf hielt in seiner Bewegung inne und schaute durch das vergitterte Fenster des Luftschachts. Rote Feuer glühten in seinen Augen auf und bohrten sich wie Speere durch Tolpan.

Tolpan Barfuß hatte bisher niemals Angst empfunden, obgleich er vieles erlebt hatte, wo abgehärtete Männer vor Entsetzen gezittert hätten. Doch als die Augen des Dämons sich auf ihn hefteten, erbebte er und vergaß zu atmen, und seine Seele erfüllte sich mit ihm unbekannten Gefühlen.

Beinahe glitt ein Lächeln über die Lippen des Dämonengesichts. Dann drehte sich der Kopf langsam um.

»Magus«, sagte der Dämon, »sorge dich nicht um diesen Ring. Wende dich anderen Vergnügungen zu. Damit dringst du nur in die Bereiche unsichtbarer Ebenen ein und manipulierst das Schicksal der Welten. Weder der Ring noch sein Träger werden deine Sorge sein, wenn die Sonne untergeht.«

Wieder herrschte lange Zeit Schweigen, und weder das Ungeheuer noch sein Beschwörer rührten sich.

»Das ist nicht die Antwort, um die ich dich gebeten habe«, unterbrach der Magus die Stille.

Eine Zeitlang bekam er keine Antwort von dem Dämon. Dann kicherten dessen Köpfe heftig, und die Stimmen rollten durch den Raum.

»Ich habe gesprochen«, sagte er, und dann verschwand er im violetten Lichtkreis in die Dunkelheit, als ob er nur ein Schatten gewesen wäre.

Der Magus stand noch lange Zeit vor dem Kreis. Er hatte seinen Kopf gedankenverloren gesenkt. Gerade als Tolpan einfiel, daß er bald wieder atmen müßte oder ansonsten explodieren würde, wandte sich der Magus ab und ging zu einer verborgenen Tür, die er schnell hinter sich schloß.

Tolpan lehnte sich schweißgebadet gegen die Mauer. Wenn der Magus ihn nun erwischte, würde er sterben. Er sah auf den Ring mit dem Smaragd und fragte sich, wie lange er wohl in der Lage wäre, sich zu verstecken, bevor der Magus ihn schließlich doch noch finden würde.

Zwanzig Minuten später stand Tolpan vor einem anderen vergitterten Fenster, das zu einer verstaubten Bibliothek führte, die durch einen Kerzenleuchter auf einem der Tische erleuchtet wurde. Zappelnd und keuchend quetschte sich der Kender durch das Gitter, ließ sich auf ein Bücherregal fallen und kletterte von dort hinunter zum Boden.

Er wischte sich den grauen Staub von den Händen und schaute sich um. Schatten huschten an den Steinwänden entlang. Hohe Regale, gefüllt mit braunen Büchern, die in bizarre Lederhüllen eingebunden und mit kleinen Skulpturen versiegelt waren, umgaben ihn. Eingehend betrachtete er die Bände, und wiederum siegte seine Neugierde.

Vorsichtig zog er einen großen Band aus einem Stapel hervor, der auf dem Tisch vor ihm lag. Ein Blick auf den Deckel bestätigte ihm, daß die Schrift unleserlich und sicherlich magisch war. Er öffnete das Buch, und uralte Seiten raschelten und wurden im Kerzenlicht sichtbar.

Tolpan schlug das Buch mit einem Keuchen eilig zu. Zögernd griff er nach einem anderen. Er hoffte, daß dieses weniger widerlich illustriert sei. Zu seiner Erleichterung war dieses Buch in der Umgangssprache geschrieben und enthielt überhaupt keine Abbildungen.

»*Ein Handbuch über magische Schutzmaßnahmen und Zauberinschriften zum Anrufen von Kreaturen aus den Unteren Ebenen*«, las er laut. Das Buch schien häufig benutzt zu sein. Ihm kam ein Gedanke, und er blätterte durch den Band. Auf der Suche nach dem Namen des Wesens, das er gesehen hatte, glitten seine Augen über die Seiten. Am Ende des Textes war eine Liste der Kreaturen, die man anrufen konnte, und auch der Name des Dämons war verzeichnet.

Schweigend las er den Absatz unter der Namensliste. Er verschlang jedes einzelne Wort. Seine Hand wurde kalt und feucht angesichts der Bedeutung, die der Text enthielt. Als er fertig war, schlug er das Buch zu und legte es sorgfältig wieder zu dem Stapel zurück. Sorgfältig ordnete er die anderen Bücher, um sein Herumschnüffeln zu vertuschen.

»Also dann«, sagte er laut und wischte sich die Hände ab. Ein Teil seiner Zuversicht kehrte zurück, obwohl er durch die Umstände immer noch etwas angeschlagen war. »Das Anrufen ist gefährlicher, als ich dachte. Wenn der Zauberer etwas vermasselt, oje! Dann ist er weg vom Fenster. Für alle Ewigkeit verloren. Dämonen verzeihen nicht...«

Seine Augen wurden leicht glasig, als er über einige Variationen dieser Möglichkeit nachdachte. Innerlich hakte er den Beruf des Zauberers von der Liste der Tätigkeiten ab, über die er mehr zu erfahren wünschte. Das sollte man lieber anderen überlassen wie...

Er hörte, wie eine Tür, die hinter den Bücherregalen verborgen war, geöffnet wurde. Tolpan fiel auf alle viere und kroch unter den Tisch.

Der Boden knirschte. Dicke Roben raschelten, und dann war es eine Zeitlang mucksmäuschenstill. Tolpan war es, als dauerte das Schweigen Jahrhunderte. Nichts regte sich.

»Tolpan«, ertönte eine unschlüssige Stimme.

Er gab keine Antwort.

»Du armer, erbärmlicher Wicht, du kannst mir nicht entkommen.« Die Tür quietschte und wurde zugeschlagen. »Du hast im Beschwörungsraum zugesehen, wie ich mit dem Dämonenfürsten gesprochen habe. Ich wußte, daß du da warst. Komm jetzt hervor. Es hat keinen Sinn, daß du dich weiter versteckst, Tolpan.«

Hinter einem Bücherregal fegten die Roben sanft und langsam über dem Boden. Tolpan drückte sich mit blitzenden Augen gegen ein Tischbein.

»Du bist hinter dem Bücherregal unter dem Tisch.« Die unschlüssige Stimme wurde jetzt strenger. »Komm hervor.«

Ein langer Schatten, der hinter den Regalen hervortrat, zeigte sich an der gegenüberliegenden Wand.

»Tolpan.« Der Magus hob seine Hand und zeigte mit einem Finger.

Grünes Licht explodierte im Raum. Tolpan wich auf dem Boden zurück, während es ihm vorkam, als ob der Raum vergehen und ein neuer an seiner Stelle entstehen würde.

Auf einmal befand er sich im Beschwörungsraum. Er lief zu einer Ecke und versuchte, die Wand hochzuklettern. Er machte kehrt und lief zu einer Tür und hoffte, daß es sich um einen Ausgang handelte.

Der Magus trat genau durch diese Tür in den Raum. Tolpan blieb abrupt stehen und duckte sich. Er war bereit, in jede Richtung zu springen.

»Ich bin erfreut, daß du dich zu mir gesellen kannst«, sagte der Magus.

»Ich muß gestehen«, sagte der Magus, »daß es mir unbegreiflich ist, warum der Ring, den du da trägst, dich auf diese Weise überallhin teleportiert. Du bist ihm ausgeliefert, dennoch entzieht er sich meiner Gewalt und beschützt dich. Er hält dich seit Tagen am Leben, er bringt dich zu mir in dieses Schloß. Ich verstehe es nicht. Aber eines weiß ich: daß es mir nicht gefällt.«

Tolpan beobachtete seinen Gegner mit scharfen Blicken. »Freudensprünge mache ich deswegen auch nicht«, erwiderte er. »Ich wäre wahrhaftig lieber zu Hause in einer Taverne.«

»Das bezweifle ich nicht«, gab der Magus zurück und kratzte sich mit einem knochigen Finger an der Wange. »Aber die Umstände sind nun mal anders. Ich werde dem Ganzen ein Ende bereiten, bevor die Sonne untergeht. Du bist die erste Person, die in mein Schloß eingedrungen ist. Du verdienst ein besonderes Schicksal.«

»Du möchtest nicht so freundlich sein und mich nach Hause gehen lassen, oder?« fragte Tolpan zaghaft.

Der Magus lächelte, und seine Haut spannte sich über seinem Gesicht wie Pergament. »Nein«, antwortete er.

Tolpan schoß zur offenen Tür. Der Magus machte eine Handbewegung. Tolpan erreichte die Tür gerade, als sie zuknallte. Wie gelähmt stellte er fest, daß seine Nase nicht gebrochen war, selbst wenn aus seinen Augen Tränen strömten.

Hinter ihm leuchtete Licht auf. Tolpan drehte sich um und sah, daß die Feuergefäße des Beschwörungszirkels brannten. Eine dunkle Gestalt stand mit erhobenen Armen vor dem Kreis und sang mit leiser Stimme.

Tolpan wühlte in seinen Taschen nach einem letzten Hilfsmittel, das ihn aus der Gefahr bringen könnte. Er fand einen zwei Meter langen Strick, ein Silberstück mit einem Loch, ein süßes Brötchen, einen Kristallknopf, eine Zunderbüchse, die nicht ihm gehörte, eine blaue Eichelhäherfeder und einen zwei Zentimeter breiten Kieselstein. Nichts Hilfreiches...

Er schlug und trat gegen die Tür, bis es ihm weh tat. Seine Zähne schlugen so heftig zusammen, daß dies Geräusch den Raum füllte, kalte und heiße Wellen brachen über ihm zusammen.

Als er den Magus den Namen des Dämons rufen hörte, gab er auf. Er stellte sich mit dem Rücken zur Tür und wandte sein Gesicht dem bevorstehenden Spektakel zu. Wenn er schon nicht entkommen konnte, dann wollte er zumindest wie ein Forscher sterben. Als Schreiber hätte er länger gelebt, aber dies war irgendwie besser. Schreiber führen doch ein sehr langweiliges Leben. Dieser Gedanke tröstete ihn, als die schuppige Gestalt des Dämons aus dem Loch aus violetten Blitzen und Schwärze emporstieg.

Die Augen des Wesens glühten. Ein Kopf starrte Tolpan und der andere den Magus an. »Zweimal am Tag, Magus?« fragte der Dämon zischend. »Zudem hast du Gesellschaft. Bin ich jetzt ein Zirkusausstellungsstück?«

»Hör mir zu!« schrie der Zauberer. »Dort steht ein Geschenk

für dich, eine Seele, die du zu deinem Vergnügen verspeisen kannst! Ich binde dich mit Worten und mächtigen Zaubern unter der Gefahr ewiger Folter und Erniedrigung, nur um dir diesen Kender mit in die Hölle zu geben, bis die Zeit zu existieren aufhört! Nimm ihn mit dir!«

In Tolpans Kopf herrschte völlige Leere. Seine Faust, die in seiner Tasche steckte, umklammerte den Stein, den er vor einiger Zeit aufgelesen hatte und den er seitdem wegen seiner Glätte bewunderte. Im Nu riß er den Stein aus seiner Tasche und warf ihn.

Der Magus keuchte und stolperte, als der Stein ihn am Hinterkopf traf. Er taumelte und preßte die Hände an den Kopf. Auf einmal trat er nach vorne. Sein Fuß, der in einem Pantoffel steckte, schob sich über die blassen Kreidelinien.

Die glühenden Runen und Zeichnungen auf dem Boden verglühten wie eine Kerze, die erlischt. Lautlos und mühelos griff ein öliger Tentakel nach dem Magus und packte ihn am Fuß. Der Magus schrie auf.

»Vor abertausend Jahren«, sagte der Dämon, und seine Stimmen erbebten in seltsamer Erregung, »kam mir der Gedanke, daß ich mich schützen müßte vor jenen, die meinen Status als Dämonenprinz mißbrauchen könnten, vor jenen, die mich als Schemel benutzen würden, um dort ihren Stolz abzustellen. Eines Tages würde gewiß etwas vonnöten sein, um die Ungleichheit zu meinen Gunsten zu verändern.«

Der Tentakel des Dämons hob den Magus hoch in die Luft, drehte ihn herum wie eine Maus, die ein Mann am Schwanz gepackt hält. »Ich ersann viele solcher Schutzmaßnahmen, aber mit dem größten Stolz erfüllt mich der Ring, den du da trägst, Kender.«

Tolpan sah auf den Ring. Der Smaragd glühte schwach.

»Der Ring«, fuhr der Dämon fort, »wird nur aktiviert, wenn

ich seine Dienste benötige. Er beschützt den Träger vor dem Tod, auch wenn er es ihm das Leben nicht gerade einfach macht. Durch Sprünge und Hopser teleportiert er ihn in meine Nähe. Er widersetzt sich jedem Versuch, ihn abzunehmen, bis der Träger mir eine Gunst erfüllt und das ausführt, was ich am meisten begehre. Du warst unwissentlich sein Werkzeug. Aber ein höchst nützliches.«

Tolpan sah den Dämon an, und sein Mund wurde trocken angesichts der Erkenntnis, was er getan hatte.

»Nimm den Ring ab«, krächzten die zwei Stimmen, »und du wirst zurück nach Hause teleportiert werden. Ich brauche dich nicht mehr.«

Tolpan zog vorsichtig den Ring von seiner linken Hand. Als sein Finger von ihm befreit war, blitzte er auf einmal in einem hellen, strahlenden Grün auf und fiel auf den Boden. Und im gleichen Augenblick war Tolpan verschwunden.

Die Köpfe des Dämons brüllten vor Lachen. Der Magus schrie und schrie und...

Tolpan leerte sein Glas und schob es zur Seite. Über dem Tavernentisch blinzelten sich zwei alte Freunde zu, ein Mann und eine Frau, als der Faden der Geschichte riß und ihr Ende offen blieb.

»Das«, sagte Kitiara mit einem Kopfschütteln, »war die unglaublichste Geschichte, die ich je von dir gehört habe, Tolpan.« Langsam breitete sich ein Lachen auf ihrem Gesicht aus. »Du hast deinen Pep nicht verloren.«

Der Kender schniefte. Auf seinem Gesicht machte sich allmählich Enttäuschung breit. »Ich habe nicht erwartet, daß ihr mir glauben würdet.«

»Soll das etwa wahr gewesen sein?« fragte Sturm und starrte Tolpan an. Seine Augen funkelten vor Belustigung. »Willst du uns tatsächlich erzählen, daß du einen Dämonenprinzen kennengelernt hast, ihm geholfen hast, einen Zauberer zu vernichten, daß du einen magischen Ring gefunden und verloren hast und durch die halbe Welt teleportiert worden bist?«

Der Kender nickte. Ein verschmitztes Grinsen zeigte sich auf seinem Gesicht.

Einige Sekunden lang gaben die Zuhörer keine Antwort. Der Mann und die Frau sahen erst sich und dann den Kender an.

»Gütige Götter, Tolpan«, sagte die Frau leise, während sie ihren Stuhl zurückschob. »Du könntest einen Gobelin überzeugen, daß ein Fels kostbar ist.« Sie erhob sich, warf einige Münzen auf den Tisch und winkte dann dem Kender und dem Krieger zu. »Ich werde schlafen gehen.«

Sturm stöhnte voller Verlegenheit auf. Zugegeben, die Geschichte des Kenders war absurd, aber es gab keinen Grund, ihm das unter die Nase zu reiben. Er wandte sich mit einem unsicheren Lächeln, das seine Entschuldigung ausdrücken sollte, wieder dem Kender zu. Plötzlich hielt er inne.

Tolpan sah Kitiara mit einem seltsamen, nachdenklichen Blick nach. Seine linke Hand ruhte auf dem Tisch neben der halb abgebrannten Kerze. Ein blasser Streifen war um seinen Ringfinger sichtbar, breiter, als ihn die meisten Ringe zurücklassen würden. Die Haut an beiden Seiten des Streifens war verschrammt und bleich, als ob jemand versucht hätte, einen Ring abzuziehen, den er dort getragen hatte.

Tolpan war der Blick entgangen. Er wandte sich zu Sturm um und zuckte mit den Schultern. »Na ja«, sagte er, »vielleicht war es doch keine so gute Geschichte. Dennoch ist es Zeit, sich hinzuhauen. Bis morgen dann.«

Sturm winkte ihm mit einer Hand schwach nach. Der Kender ließ ihn mit seinen Gedanken allein im Wirtshaus zurück.

Träume von Dunkelheit, Träume von Licht

Warren B. Smith

William Süßwasser war ein kleiner Mann – ein Meter sechzig groß, hundertachtzig Pfund, mit schweinsähnlichem Gesicht und Rüsselnase – und in einer Unendlichkeit voller Alpträume verloren. Seit Äonen, so schien es ihm zumindest, hüllte ihn der unbestimmbare graue Nebel ein und zog ihn in die Leere. Tastend und taumelnd, voller Angst vor jedem Schritt wanderte er durch die geheimnisvollen Schwaden.

Schreie drangen durch die Dämpfe. Rauhe, kehlige Rufe plärrten mit Unterbrechungen. Er hörte ständig Gewisper im Nebel, ein leises Murmeln, das hinterhältig, einschmeichelnd und häufig unanständig war. Dann wiederum hallte im Nebel das Geheul dunkler Hexen wider, gefolgt von dem gräßlichen Geräusch wilder Tiere, die scheinbar an Knochen nagten.

Eine plötzliche Eingebung ließ William innehalten und seine Situation überdenken. Er fröstelte im aufwirbelnden Nebel und versuchte mühsam, sich zu orientieren.

Allmählich fand er heraus, daß er am Rande eines großen, dampfenden Loches stand. Er versteifte sich wie ein steinernes Götzenbild, voller Angst, auch nur einen Schritt zu tun. Der Nebel teilte sich, und sein Blick blieb an einer schäumenden Masse von schwarzem Schleim hängen.

Die breiige Flüssigkeit befand sich im Gärungsprozeß. Dunkle Reptilienformen wallten an der Oberfläche auf. Ihre verruchten, grotesken Formen verwirrten seinen Blick. Sie verweilten kurze Zeit vor seinen Augen, dann verschwanden sie wieder, während neue Formen auftauchten.

Die faulende Mischung schien alles um ihn herum verschlingen zu wollen.

Stinkender Dampf sprudelte an die Oberfläche hervor. Bilder von zornigen Gesichtern glitzerten auf riesigen Blasen. Es waren finstere, böse Gesichter mit Augen, die haßerfüllt funkelten.

Ein Kaleidoskop von Szenen und Lauten ergoß sich über seine Sinne. Hier trampelte ein körperloses Bein unablässig auf ein blutiges Gesicht. Dort riß ein Mann in einer Militäruniform einen Säugling aus einer mit Spitzen besetzten Wiege. Der Soldat schleuderte das Baby gegen eine Steinwand. Eine Gruppe von Ghulen erhob sich aus dem Schlamm und begann auf der schwarzen Oberfläche einen Totentanz. Sie versanken wieder in der rieselnden Flüssigkeit, als sich die Reißzähne einer Eidechse in ein schreiendes Mädchen senkten. Ein abscheulicher Altar tauchte plötzlich auf. Ein junger Mann und eine junge Frau lagen gefesselt in gespreizter Stellung auf einer mit Dreck bestreuten Steinplatte. Ein Priester mit Hundegesicht und Minotaurushörnern hob einen Dolch, um ihn in ihre Herzen zu stoßen.

»... SPRING!«

»... Du gehörst hierher! Du bist einer von uns!« Die Stimme war leise. Sie gehörte einer Frau. Es war ein fast mütterliches Flüstern.

»... SPRING! SPRING!«

»... Alle tun es! Du bist nicht anders«, krächzte eine tiefe, volltönende Stimme.

»...SPRING! SPRING! SPRING!«

»...Wälz uns im Schleim herum«, sang ein heiserer Chor.

Er schwankte.

Ein Teil seines Wesens, der Rest seines uralten Reptilieninstinks, drängte ihn, in den Abgrund zu springen und sich im Schleim zu suhlen. Als Teil der stinkenden Masse könnte er jede böse Regung ungehindert ausleben. Er könnte foltern und töten ohne Reue... wenn er nur den Abgrund als sein Zuhause annehmen würde. Die Stimmen kannten seine geheimen Haßgefühle und Wollüste und wußten, daß William Süßwasser manchmal von finsteren Taten träumte.

Mit dem letzten Rest seiner Willenskraft schwankte William am Rande des Abgrundes entlang. Er kämpfte gegen den dunklen Drang.

Dann hörte die kochende Masse ganz plötzlich zu brodeln auf. Der Gärungsprozeß kam zum Stillstand, und die Bilder verschwanden. Die Stimmen verstummten, und bald lag die Oberfläche des verwesenden Schleimes ruhig und reglos da.

Aus dem Loch stiegen ein schönes, junges Mädchen mit platinblonden Locken und (das ist am merkwürdigsten, dachte William) ein entsetzliches, schlangenförmiges Ungeheuer, das am Ende einer Kette zog.

Das riesenhafte Ungeheuer wand sich und schlängelte und ragte hoch aus dem Nebel und Schleim. William schreckte zurück, als er sah, wie sich der Kopf des Reptils in fünf Einzelwesen spaltete, die sich über einem abstoßenden Rumpf räkelten.

»Oh, schenk diesem verdammten Angeber keine Aufmerksamkeit«, murrte das Mädchen mit einer Stimme, die überraschend tief klang. Sie zog heftig an der Leine, und die entsetzliche Kreatur, die würgte und spuckte, nahm eine abwartende Haltung ein.

Das Mädchen schien jung zu sein – und er mochte es gern betrachten. Aber William meinte auch, das Geräusch knirschender Gelenke gehört zu haben, etwas wie ein arthritisches Knakken, und in seinem Lächeln lag eine Eiseskälte, die ihn frösteln ließ.

»Dein Name?«

»William Süßwasser.«

Das Mädchen hockte anscheinend auf einem gigantischen, gesprenkelten Pilz. Es hielt Tintenfaß, Federkiel und einen Pergamentbogen griffbereit. Es trug eine schwarze Robe. Zwei schwarze Samtpantoffeln kamen unter dem Kleid hervor. Ein abgenutzter Holzstab ruhte an seiner Seite. Das entsetzliche Schlangenwesen gab sich alle Mühe, über die Schulter des Mädchens zu spähen, als es wild zu kritzeln begann, aber es hatte ein bösartiges Vergnügen, sich hin und her zu bewegen, um seine Sicht zu beeinträchtigen.

»Rasse?«

»Mensch.«

Das Mädchen runzelte die Stirn und malte ein seltsames Symbol auf den Pergamentbogen.

»Alter?«

»Achtunddreißig.«

»Wo bist du geboren?«

»In der Hafenstadt Balifor.«

Das schöne Mädchen flüsterte mit einem Lächeln: »Ah, eine meiner bevorzugten Gegenden. Dein Volk war schon immer gutherzig, seitdem Krynn existiert. Nun, William, hast du irgendwelche lebenden Verwandten?«

»Nein. Meine Mutter starb, als ich klein war.«

»Und dein Vater?«

»Er war Seemann, und sein Schiff ging unter. Ich war damals achtzehn Jahre alt. In jenem Jahr wüteten schwere Stürme.«

»Tragisch«, bemerkte das Mädchen, aber es lächelte immer noch. »Also, William, hast du ein tugendhaftes Leben geführt?«

»Wie meinst du das?«

»Hast du aufrichtig zu den wahren Göttern gebetet?«

William schüttelte den Kopf. »Ich habe keinen Gedanken daran verschwendet, zu Göttern zu beten.«

Das Mädchen runzelte die Stirn. »Bist du mutig?«

»Ich bin ein Feigling«, gab William ehrlich zu. »Ich träume zwar oft davon, eine mutige Tat zu vollbringen, aber ich habe es noch nie geschafft.«

»Folge deinen Instinkten in Sachen Mut«, sagte das Mädchen in giftigem Ton. »Weiter: Bist du mit jemandem verbunden?«

»Wie meinst du das?«

Das Mädchen hob eine Augenbraue. »Du weißt doch... machst du dich an Frauen zu schaffen?«

»Frauen mögen gutaussehende Männer. Ich habe ein Gesicht, das nur eine Mutter lieben könnte.« Williams Hand fuhr über seine schweinsähnlichen Gesichtszüge. »Die Leute erzählen, daß ein Schwein meine Wiege umstieß, als ich noch ein Säugling war. Dieses Erlebnis hat meinem Gesicht ein Mal aufgedrückt.«

Ein Schlangenkopf verließ das Knäuel und glitt nach vorne, um Williams Rüsselgesicht zu begutachten. Strenge Reptilienaugen untersuchten seine Gesichtszüge, während eine lange, gespaltene Zunge aus dem speicheltriefenden Maul schnellte. Das Maul der Schlange – falls es wirklich eine Schlange war – öffnete sich weit und entblößte zwei schauderhafte Reißzähne. Plötzlich begann die Kreatur schallend zu lachen. Es war fürchterlich anzuhören, ein abscheulicher, unirdischer Ton, der Williams pochendes Herz erschütterte und ihn entsetzt zurückweichen ließ.

Das schöne Mädchen zog an der Kette, und das Schlangenungeheuer zog sich wieder zurück. Es blieb einen Moment lang schweigend hinter ihr.

Aber auch sie beugte sich vor und musterte William eingehend. Ihr Atem ist keine Wohltat, dachte William. Ihre Augen wurden scharf und streng und glitzerten metallisch. In ihnen spiegelten sich ein mitleiderregend zusammenschrumpfender William und der dichter werdende Nebel.

Im großen und ganzen stinkt sie, dachte William, als das Mädchen näher kam. Vielleicht sollte sie einmal in Erwägung ziehen, sich zu baden oder zu parfümieren.

Das Mädchen hatte seinen Federkiel niedergelegt, und jetzt schlossen sich seine Finger um den Stab. Als es wieder sprach, fiel William auf, daß sein Gesicht plötzlich verzerrt und grotesk wirkte, daß seine Stimme auf einmal laut und kratzend war, wie... wie Metall, das gegen den Meeresgrund schabt.

»So, mein liebes Schwein William«, sagte das Mädchen und rückte näher, »mit anderen Worten: Du hast keine Verwandtschaft, keine Gattin, und niemand ist dumm genug, dich zu betrauern, wenn du... STIRBST!«

Ihre Stimme brach in ein rauhes, abgehacktes Gelächter aus, das zu ohrenbetäubender Lautstärke anschwoll. Die mißgestaltete, fünfköpfige Schlange, die an ihrer Kette zappelte, warf sich eine Armlänge von Williams Gesicht entfernt nach vorne. Alle fünf Totenköpfe entblößten ihre Fänge und glitten näher. William konnte die Fäulnis, das Gift und das Böse riechen. Das Gelächter des Mädchens hatte sich in ein hysterisches, schnatterndes, erstickendes Toben verwandelt. Eiskalte Wellen stürzten wie Sturzbäche auf den bebenden Körper des armen William ein.

William wich schutzsuchend zentimeterweise zurück. Er würgte, keuchte und schluchzte nach Erlösung.

Der Nebel und das entsetzliche schwarze Loch kreisten ihn

ein. Die fünf Köpfe der Schlange bewegten sich um ihn und glühten in der Dunkelheit. Das Geschrei des Mädchens war so schmerzhaft, daß er sich die Ohren zuhalten mußte.

Die Leine riß entzwei.

Irgendeine seltsame Kraft klammerte sich zäh und immer fester an seine Schulter.

Ein Schrei drang ihm tief aus der Kehle.

»William, wach auf!« Die Stimme war laut und heiser.

Vor Entsetzen röchelnd, schlug William Süßwasser seine Augen auf und starrte in das Gesicht von seinem Freund Sintk, dem Zwerg. William gab einen Grunzlaut von sich, suchte den Schlaf zu verscheuchen und verharrte daher einen Moment lang in Verwirrung, bis er sich wieder in der Wirklichkeit zurechtfand.

William saß auf einem Hocker an der polierten Theke des Wirtshauses Zum Flötenden Eber. Sintk, der Zwerg, hatte sich über die Theke gebeugt, seine Hand hielt Williams Schulter fest, und er schüttelte ihn. Der Zwerg war ein muskulöser Mann, breit in den Schultern, mit einem offenen, gebräunten, ständig ein wenig lächelnden Gesicht. Seine hellen Augen strahlten vor guter Laune. Sein dickes, braunes Haar begann sich am Ansatz zu lichten. Der Zwerg und William kannten sich seit ihrer Kindheit; sie teilten die Vorliebe für ein gutes Gespräch und ein gutes Bier.

»Du mußt eingenickt sein«, erklärte Sintk, der in Balifor der Schuster war. »Ich trat ein und hörte dich gleich darauf schnauben wie ein…« Der Zwerg machte eine Kunstpause, »…wie ein Eber, der zur Schlachtbank geführt wird.«

William blinzelte. Da war die vertraute Umgebung seines geliebten Wirtshauses Zum Flötenden Eber. Es gab einen großen Schankraum mit einer langen Mahagonitheke und schweren Holzhockern. Zahlreiche Tische und Stühle befanden sich im hinteren Teil des Raumes und gaben den Blick auf eine kleine Bühne frei.

Im Wirtshaus Zum Flötenden Eber war alles in ordentlichem, sorgfältig gepflegtem Zustand. Das Holz war geölt und poliert, das Messing glänzte und war nicht angelaufen. Die Wände und Böden waren sauber. Die Reinlichkeit des Raumes gab einen Hinweis auf den Respekt und die Liebe, mit denen William sich um sein Wirtshaus kümmerte.

Außer Sintk und einer Gruppe von Fremden an einem weit entfernten Tisch war das Wirtshaus wie ausgestorben. Die Hafenstadt Balifor war seit einigen Monaten eine besetzte Stadt – überrannt von den Armeen der Drachenfürsten, deren Schiffe in die Bucht eingelaufen waren und die entsetzlichen Drakonier und Hobgoblins ausgespien hatten.

Die Bewohner von Balifor, überwiegend Menschen und, wie William Süßwasser, unterwürfig und feige, bedauerten sich selbst am meisten. Die Besetzung war ohne Warnung erfolgt. Aufgrund ihrer Abgeschiedenheit hatten die meisten Bewohner keine Ahnung, was in der Welt vor sich ging. Sie wären dankbar gewesen, wenn sie gewußt hätten, was in anderen Teilen von Ansalon geschah.

Die Drachenfürsten waren an diesem östlichen Gebiet nicht sonderlich interessiert. Das Land war dünn besiedelt: Es gab nur wenige arme, verstreute Gemeinden von Menschen wie Balifor und Kenderheim, die Heimat der Kender. Eine einzige Drachenschar hätte das Land dem Erdboden gleichmachen können, aber die Drachenfürsten konzentrierten ihre Kräfte auf andere Gebiete. Solange die Häfen, wie der von Balifor, offenblieben, hatten die Drachenfürsten noch Verwendung für diese Region.

Obgleich sich das Geschäft im Wirtshaus Zum Flötenden Eber mit der Ankunft der zusammengewürfelten Soldatenhaufen verbessert hatte, hielten sich viele Stammkunden von William gerade deswegen von ihm fern. Die Drakonier und Hobgoblins wurden gut bezahlt, und der Alkohol war eine ihrer Schwächen. Aber William hatte das Wirtshaus Zum Flötenden Eber in erster Linie eröffnet, um sich an der Gesellschaft seiner Freunde und Nachbarn zu erfreuen. Ihm mißfielen die widerwärtigen Drakoniersoldaten, die wie Tiere knurrten und kämpften, wenn der Alkohol ihre winzigen Gehirne getrübt hatte. Die Hobgoblins waren gleichermaßen unangenehme Kunden. Sie waren egozentrisch und arrogant und versuchten ständig, für sich und ihre Kumpanen Freibier rauszuschlagen.

Also hatte William entschlossen seine Preise erhöht. Das Wirtshaus Zum Flötenden Eber war jetzt dreimal so teuer wie jedes andere Gasthaus in Balifor. Demzufolge war seine Gaststube bis auf seine alten Freunde und einen zufälligen Reisenden fast ausgestorben, und William gefiel es wieder als Gastwirt.

Sintk wedelte mit einer Hand vor Williams schweinsähnlichem Gesicht.

»Schläfst du schon wieder ein?« fragte er. »William, ich sehe ja ein, daß Schlaf eine gute Möglichkeit ist, um Drakonier und diese ekelhaften Hobgoblins zu vergessen. Aber, traurig wie es ist, man wird wach, und diese Ganoven streifen immer noch in der Stadt herum, schnüffeln in den Angelegenheiten aller Leute und tun so, als ob sie hierher gehören. Was, um die Wahrheit zu sagen, nicht der Fall ist, und ich wäre der erste, der das sagen würde, wenn ich den Mut hätte. Also, geht es dir gut, oder soll ich zum Kräuterladen gehen und dir einen Arzneitrank besorgen?«

William schüttelte energisch den Kopf, um die Benommenheit zu vertreiben. »Mir geht es gut.«

»Was ist geschehen?« Der Zwerg schaute argwöhnisch drein

»Das Geschäft war träge. Ich bin eingeschlafen.«

»Du mußt einen schlimmen Traum gehabt haben«, erklärte der Zwerg. »Du hast bereits geschlafen, als ich eintrat, um mein Nachmittagsbier zu trinken. Du hast gekeucht und geschnauft wie ein Mann, der von Dämonen besessen ist.«

»Ich habe Dämonen und alle möglichen Dinge gesehen.« William öffnete seine Hand. Eine große, ovale Münze lag auf seiner Handfläche. Die polierte Metallscheibe glänzte im Licht. »Erinnerst du dich an diese Münze, mit der der Rote Zauberer seine Tricks vorgeführt hat?«

»Raistlin?« Sintk schaute überrascht drein. »Soviel ich weiß, sind dieser Jahrmarktschreier und seine Bande nicht wieder zurückgekehrt. Außerdem hoffe ich, du wirst nicht wieder mit diesem magischen Münzengeschäft anfangen...«

»Aber da *ist* etwas Magisches dran«, beharrte William. »Ich bin von hier weggereist und hatte eine... eine... seltsame Begegnung mit einem wunderschönen Mädchen und einer furchterregenden Bestie. Ich reiste durch einen geheimnisvollen Nebel und fiel beinahe in ein schwarzes Loch, in dem sich Dämonen, Schlangen, Ghule und alle möglichen bösen Dinge tummelten.«

»Die Dinge verwirren sich, wenn du Wachträume hast«, kommentierte Sintk. »Aber wenn es dir wieder besser geht und du nicht wie ein Wildschwein grunzt, dann hätte ich gerne einen Humpen von deinem besten Bier.«

»Es war kein Traum«, widersprach William schmollend. »Es war eher so, als wäre das die Wirklichkeit und dies... dies hier... nur ein Schatten von dem, was mein Leben darstellen könnte.«

William zapfte zwei Humpen Bier und stellte sie vor seinen Freund Sintk. Dann begann er einen ausführlichen Bericht über seinen Tagtraum – äh, Vision – während Sintk, der am Verdursten war, eifrig beide Humpen hinunterstürzte. Aber es war die vertraute Geschichte von William, die Sintk jetzt gähnen ließ, und nicht das köstliche Bier.

»Oh«, Sintk strich sich bei einer Pause in der Erzählung mit dem Handrücken über die Lippen, »was ist mit diesem schwarzen Loch?«

»Die Hölle am Ende des Universums«, erwiderte William.

»Oh, *dieses* schwarze Loch«, sagte der Zwerg. »Das hätte ich wissen müssen.« Er betrachtete liebevoll die Reihe der Humpen hinter der Theke und leckte über seine Lippen. »Du bist verrückt.«

Seufzend erhob sich William von seinem Hocker und zapfte zwei weitere Humpen Bier.

»Es war kein Tagtraum«, versicherte er und stellte die Getränke auf die Theke. »Sieh mal, berühr doch die Münze. In meiner Hand wird sie heiß, als ob sie von Leben pulsieren würde.« Er hielt dem Zwerg die große, runde Münze entgegen – die allerdings, um die Wahrheit zu sagen, recht gewöhnlich aussah.

»Körperwärme«, erwiderte Sintk ermüdet. »Mit der Münze ist sonst nichts. Ein Stück geschmolzenes Metall.«

»Magie!« erklärte William hartnäckig.

»Nein«, widersprach Sintk.

»Doch!« gab William zurück und erhob – was untypisch für ihn war – seine Stimme.

»Warum laßt ihr mich nicht den Richter spielen?« fragte eine mürrische Stimme hinter ihnen.

William und Sintk drehten sich rasch um und blickten in das abstoßende Gesicht eines Drakoniers in einer stinkenden Rüstung, dessen Brustumfang groß war wie der eines Fasses. Es war Drago, Hauptmann der Gefängniswachen, der selbst von seinen Leuten verachtet und gemieden wurde und gelegentlich im Wirtshaus Zum Flötenden Eber einsam und allein eine Mahlzeit und einen Humpen Bier zu sich nahm. Die Tatsache, daß seine Anwesenheit für William Süßwasser und seine Freunde dermaßen widerlich war, verschaffte Drago einen um so größeren Genuß.

William dachte zu spät daran, seine Faust um die magische Münze zu schließen, und so war diese plötzlich verschwunden. Drago hielt sie in seiner beschuppten Klaue hoch und grinste boshaft. »Eine magische Münze, was?« bellte er, ohne eine bestimmte Person anzusprechen, denn die wenigen anderen Gäste wichen angestrengt seinem Blick aus. »Für mich sieht sie eher aus wie eine Bettlermünze«, sagte er. Drago biß mit seinen gelben, schleimigen Zähnen auf die Münze.

William erblaßte vor Scham und starrte auf seine Schuhe.

»Das stimmt«, pflichtete Sintk schwach bei. »Sie ist eine ganz gewöhnliche, wertlose...« Seine Stimme verlor sich. Auch er hielt seinen Blick inzwischen zu Boden geschlagen.

Drago rieb die Münze an einem seiner fettverschmierten Ärmel. »Ich wünsche... ich wünsche...« sprach er betont, »ich wünsche, ich hätte ein Jahr Urlaub von diesem stinkenden Balifor und zwei Ehefrauen, die meine Stiefel polieren und... und... einen Berg Goldmünzen, die ein ganzes Leben lang für Bier und Hammelfleisch reichen.«

Alle Anwesenden im Wirtshaus Zum Flötenden Eber hoben ihre Köpfe ein wenig. Sie hofften insgeheim, daß die Münze vielleicht doch magisch wäre. Dann würden sich Dragos Wünsche erfüllen, und er würde endlich verschwinden.

»Pah!« schnaubte Drago. Er langte über die Theke und packte William am Körper. Dann drückte er so lange, bis der Wirt rosarot anlief.

»Sie wurde ihm von Raistlin, dem Magier, gegeben!« stieß Sintk hervor.

Drago drückte fester.

»Er war ein Jahrmarktschreier«, brachte William mühsam hervor und japste nach Luft. »Aber ich bin noch schlimmer. Ein *Narr*. Ich habe die Münze als Bezahlung angenommen, weil ich ihm glaubte, daß sie magisch sei, aber sie ist... nichts dergleichen. Du kannst...« Er starrte direkt in Dragos glühende Augen. »Du kannst sie behalten, mein Freund.«

»Pah!« sagte Drago und ließ William wieder los. Mit einer schnellen Handbewegung schleuderte er die Münze auf die Theke. Sie kullerte und kullerte und ließ dabei Lichtstrahlen aufglänzen. William griff nach ihr und umklammerte sie fest. Wieder spürte er ihre Wärme. Aber Drago hatte sich bereits abgewandt und sich an einen Tisch gesetzt.

»Bring mir Bier und den üblichen saumäßigen Eintopf!« brüllte er, ohne einen Blick zurückzuwerfen. »Und mach schnell, Schweinsgesicht!«

William eilte geschäftig hin und her, um Dragos Bestellung zu erledigen, während Sintk trübsinnig zwei weitere Humpen leerte.

Als die Sonne unterging, schloß William das Wirtshaus Zum Flötenden Eber. Es war für einen Wirt nicht ungewöhnlich, wenn er in diesen Zeiten früh schloß. Wenige ehrliche Wanderer besuchten Balifor. Die unheilvolle Gegenwart der Truppen des Drachenfürsten beunruhigte alle.

Außerdem liebte William es, bei Sonnenuntergang mit Sintk am Hafen spazierenzugehen. Solch ein Bummel bildete den Höhepunkt seines Tages. An diesem Abend war es warm. Der Himmel war wolkenlos, und von der Bucht kam eine leichte Brise herüber. Das trüber werdende Licht war immer noch von einer Intensität, wie sie nur in der Dämmerung an der Meeresküste zu finden ist.

Als William und Sintk in eine Straße bogen, die zum Hafen führte, waren sie überrascht, ein großes Segelboot am Kai festgemacht zu sehen. Sie blieben mitten auf der Straße stehen, sahen hinunter zum Hafen und beobachteten die Drakoniersoldaten auf dem Deck des fremden Schiffes.

»Ein Versorgungsschiff?« fragte Sintk.

William schüttelte den Kopf. »Ihr reguläres Schiff war erst letzte Woche hier. Dies muß das Küstenwachboot sein, von dem ich gehört habe. Die Drachenfürsten sind aufgebracht, weil so viele Bürger die Stadt verlassen und in die Berge flüchten.«

Zahlreiche Drakoniermatrosen eilten über das Schiffsdeck. Dann wurde eine Tür geöffnet, und mehrere Menschen wurden aus einer Kabine geholt. Die Gefangenen waren an den Beinen miteinander verkettet. Ihre Hände waren gefesselt. Sie drängten sich aneinander, als die Soldaten sie zur Landungsbrücke schubsten, die gerade heruntergelassen wurde. Einige schwerbewaffnete Drakonierwachen unter dem Kommando eines Hobgoblinoffiziers warteten am Kai.

Sintk flüsterte William zu: »Sieh mal, der alte Mann dort hinten. Das ist Thomas, der Schneider. Warum haben sie den alten Tom in Ketten gelegt? Er ist ein guter Schneider und tut nicht einmal einer Fliege etwas zuleide.«

Hinter den zwei Freunden schlugen Klauenfüße auf Pflastersteine. William schaute sich um und sah eine Gruppe Drakonier die Straße entlang marschieren. William und Sintk hielten ihre Augen auf den Boden gerichtet. Sie gingen zum Wirtshaus Des Missionars Sturz, einer Kneipe im Hafenviertel mit einer aufdringlichen Fassade, und nahmen auf einer verwitterten Bank vor dem Etablissement Platz. Die Taverne war die berüchtigste Spelunke im östlichen Ansalon, kein respektabler Ort wie das Wirtshaus Zum Flötenden Eber.

Von hier aus beobachteten sie, wie die Gefangenen über die Landungsbrücke schlurften. Die Gesichter der gefesselten Männer und Frauen waren übel zugerichtet, sie bewegten sich mit hängenden Schultern apathisch voran. Sie wurden die ganze Zeit von einem muskulösen Drakonier herumkommandiert, der in der Hand eine kurze Peitsche mit einer Metallspitze hielt.

Die Gedanken von William und Sintk wurden von einem lauten, knarrenden Geräusch in ihrem Rücken unterbrochen. Einen Moment später trat Harum El-Halup aus dem Wirtshaus Des Missionars Sturz. Der Minotaurus war der Besitzer der Taverne, ein stämmiges Individuum mit Tiergesicht, breiter Brust und dicken Armen und Beinen.

Er war knapp der Todesstrafe entkommen und hatte in der Hafenstadt Balifor Zuflucht gesucht. Er verfügte über einen schnellen Verstand, Kampfgeschick und die Nerven eines Mannes, der nichts zu verlieren hat. Er hatte sich schnell als unangenehmster Kämpfer in diesem rauflustigen Hafenviertel einen Namen gemacht.

Der Minotaurus spielte gerne mit hohen Einsätzen und hatte das Wirtshaus Des Missionars Sturz bei einem Kartenspiel mit dem vorherigen Besitzer gewonnen. Jetzt wurde die Taverne von Dieben, Mördern und Soldaten der Drachenarmee besucht. Außerdem war sie ein beliebter Treffpunkt der Hobgoblins nach Dienstschluß, wenn sie wieder Vorräte von dem Steuermannsmaat gestohlen hatten und die Schmuggelware gegen Alkohol tauschen wollten.

»Warum wird Thomas als Gefangener gehalten?« fragte William den Minotaurus, der sich zu ihnen gestellt hatte und mit ihnen das Schauspiel beobachtete.

»Ich habe ihnen vorher gesagt, daß ihr Plan mißlingen wird«, knurrte Harum. Sein Tiergesicht sah im trüben Licht entsetzlich aus. »Thomas wollte mit den anderen auf dem Seeweg entkommen. Sie bezahlten einen Hobgoblin, der ein Boot für sie stehlen sollte, und damit wollten sie in der Morgendämmerung verschwinden. Aber Hobgoblins sind Spitzel, und dieser war ein besonders zwielichtiger Geselle, der jeden an die Drachenarmee verrät. Sobald das Boot in See gestochen war, erstattete der Hobgoblin den Drakoniern Bericht.«

William erhob einen Einwand. »Aber Thomas ist ein ehrlicher Mann. Er ist kein Dieb.«

»Er war mit im Boot«, erwiderte der Minotaurus. »Und darum wird er wohl mit den anderen in den Verliesen enden. Die Drachenarmee kann es sich nicht leisten, daß die Leute kommen und gehen, wie es ihnen paßt. Schlecht für ihren Ruf. Der alte Tom wußte das aber!« Der Minotaurus schnalzte mit seiner Zunge. »Wenn Thomas Glück hat, hält er einen Monat in diesem schleimigen Loch unter dem Schloß durch.«

William erschauderte. Er hatte über die Folterungen der Gefangenen in dem Verlies schon viel gehört. Angesichts der Grausamkeit von Drago fiel es ihm nicht schwer, den Gerüchten Glauben zu schenken. Armer Tom. Er war stets ein guter Freund aller Bewohner von Balifor gewesen.

Sintk fragte verzweifelt: »Was können wir denn unternehmen?«

»Fleisch für das Verlies«, erwiderte Harum. »Haltet euch raus.«

William sah beschämt nach unten. Wenn er nur den Mut hätte… wenn er nur irgendeine Idee hätte, wie man sich wehren könnte… wenn nur…

»Also, William«, sagte Harum, »was die Leute in Balifor jetzt brauchen, ist ein Anführer. Jemand, der eine Rebellion gegen diese Kreaturen anführt. Du bist angesehen und wirst geachtet. Die Leute werden jederzeit tun, um was du sie bittest.«

Harums häßliches Gesicht nahm einen spöttischen Ausdruck an, und William hatte das Gefühl, daß er in seinen geheimen Gedanken gewühlt hatte. Oder zog er ihn auf?

»Warum machst *du* es nicht?« fragte William den Minotaurus. Dabei dachte er, wenn er so groß und stark wie Harum wäre, würde er gewiß nicht lange zaudern.

»Oh, ich bin kein Einheimischer«, erwiderte Harum lässig, »und ich bin mir nicht so sicher, ob es mich sehr interessiert. Schließlich ist auch bekannt, daß ich Diebe und Schurken im Wirtshaus Des Missionars Sturz bediene, schon deswegen würde man meine Beweggründe in Frage stellen. Außerdem bin ich vor meiner eigenen Rasse geflohen, und die Leute akzeptieren sicherlich keinen Anführer mit solchen Makeln. Aber sie würden hinter jemandem wie dir stehen, hinter einer verantwortungsbewußten und aufrechten Person.«

»Ich könnte es nicht.« William fühlte sich schwach. Er wollte den Minotaurus nicht ansehen. Statt dessen richtete er seinen Blick wieder auf den Hafen.

Die Gefangenen hatten sich unter Aufsicht der Soldaten und des Hobgoblinoffiziers vom Kai entfernt. Der letzte Gefangene in dem Zug der aneinandergeketteten Menschen war der Schneider, ein grauhaariger, älterer Mann mit zerfurchtem Gesicht. Seine Augen waren stumpf vor Müdigkeit. Dünn und hochgewachsen, fast zwei Meter groß, hatte der Schneider nach vorne gebeugte Schultern von den vielen Jahren, in denen er über seine Nadeln gebückt gearbeitet hatte.

Die Wachen waren offenbar unachtsam gewesen, denn die Beineisen um die Knöchel des alten Tom waren lose.

Unvermutet und ohne Aufmerksamkeit zu erregen, stieg der Schneider aus den Beineisen und stürzte aus der Reihe der schlurfenden Gefangenen. Seine Flucht wäre wahrscheinlich geglückt, wäre er nicht über ein Seil gestolpert.

»Packt ihn!« schrie der Hobgoblinoffizier.

Inzwischen war Tom, der Schneider, schon wieder auf den Beinen und lief über die verwitterten Bretter des Kais und steuerte auf die vor ihm liegende Straße zu. Unter den Wachen herrschte kurze Zeit große Verwirrung, bevor sie dem alten Mann nachliefen, so daß Tom einen Vorsprung gewann.

Doch dann kam ein Soldat immer näher und drohte den Schneider einzuholen. William, Sintk und Harum El-Halup konnten nur hilflos zusehen, wie der grimmig blickende Drakonier seine Hand ausstreckte, um die flatternde Tunika des Schneiders zu packen. Der Schneider blieb abrupt stehen, wirbelte herum und schleuderte seine Faust gegen den Drakonier.

Die Wucht dieses Schlages warf sowohl den Schneider als auch den Drakonier um. Der Schneider taumelte auf den Pflastersteinen nach hinten. Der Drakonier versuchte, sich mit wackeligen Beinen aufrechtzuhalten. Seine Hände hielten seine verletzte Kehle umklammert.

Im Nu war der Schneider wieder auf den Beinen und setzte seine Flucht fort, offenbar war er zu allem entschlossen. Er rannte am Wirtshaus Des Missionars Sturz vorbei, wo William und seine Freunde mit sperrangelweitem Mund noch dastanden. Eine Sekunde später war er in einer Gasse verschwunden. Zwei Soldaten verfolgten den flüchtigen Gefangenen.

Harum, der Minotaurus, grinste verächtlich, als der befehlshabende Offizier, ein Hobgoblin, vorbeihetzte; sein dicker Bauch hüpfte wie Gelee über seinem breiten Ledergürtel. Der Hobgoblin bemerkte seine Zuschauer und blieb vor ihnen stehen. Den kräftigen Minotaurus ignorierte er und konzentrierte sich nur auf den armen William. Er zog sein Schwert und drückte die Spitze der Klinge an Williams Kehle.

»Vielleicht möchtest du uns statt dessen begleiten«, knurrte der Hobgoblin.

William erschauderte. Er schob die zitternden Hände in seine Taschen, um seine Angst vor seinen Freunden zu verbergen. Seine Wurstfinger schlossen sich um die Münze, während er fieberhaft um Rettung betete.

Wenn nur…

»Ich warte auf deine Antwort«, höhnte der Hobgoblin.

William gab einen Grunzlaut von sich, der sich wie das Quieken eines verängstigten Ferkels anhörte. Der Hobgoblin hob herausfordernd den Kopf, sah zu Sintk und Harum hinüber und senkte dann sein Schwert. Als William wieder vor Angst zitterte, kicherte er.

Aus der Gasse ertönte plötzlich ein Schrei. Dann tauchten zwei Drakoniersoldaten auf, die den Schneider fest im Griff zwischen sich schleppten. Stoßend und zerrend versuchte er sich zu befreien. Der Hobgoblinoffizier steckte sein Schwert wieder ein und ging seinen Soldaten entgegen.

»Knapp«, wisperte Sintk.

»Armer Tom«, sagte William.

Harum El-Halup stand ruhig und gelassen da. Seine Arme hielt er über der Brust verschränkt. In dieser gebieterischen Pose beobachtete er, wie die Soldaten den Zug der aneinandergeketteten Gefangenen zum Schloß trieben. Schließlich zuckte der Minotaurus die Achseln und klopfte William auf die Schulter.

»Jedem lacht einmal das Glück«, sagte Harum. »Der alte Tom hätte es besser wissen müssen. Ich habe ihm gesagt, er solle sich um seine eigenen Angelegenheiten kümmern, weiter nähen und nicht so ehrgeizig sein. Aber jetzt, meine Freunde, laßt uns unseren Durst löschen und vergessen, daß wir diese Reptilien in der Stadt haben. Aber eines Tages werden wir sie rausschmeißen, und du, William, wirst unser Anführer sein.« Er lachte.

William und Sintk folgten Harum in düsterer Stimmung in die Dunkelheit des Wirtshauses Des Missionars Sturz. An der Theke drängten sich Zwerge, Menschen und Hobgoblins, und am hinteren Ende stand eine Gruppe streng dreinblickender Drakonier. Mehrere Halbelfen stellten geräuschvoll ihre geistigen Fähigkeiten in einem Rätselspiel auf die Probe. Ein betrunkener Hobgoblin lag ohnmächtig neben seinem Stuhl. Zwei Kellner eilten hin und her, um mit den Bestellungen nachzukommen. Harum lehnte sich an das Ende der Theke. Er winkte einem Kellner zu, der mit drei Humpen Bier angehastet kam.

William und Sintk hatten sich in der Spelunke des Minotaurus niemals völlig wohl gefühlt. Der Taverne ging weit und breit der Ruf voraus, daß es häufig zu Raufereien und Massenschlägereien kam. Unbeteiligte Zuschauer wurden oft in Handgreiflichkeiten hineingezogen, die oft in sogenannten »Harums Wandschmeiß-Parties« endeten. Harum hatte eine Regelung durchgesetzt, daß Waffen an der Tür abgegeben werden mußten, jedoch kam diese Auflage bei Zauberkundigen und den niedrigsten kriminellen Elementen nicht immer ganz zum Tragen.

Abgesehen von den Schlägereien war Des Missionars Sturz für sein Deckengemälde berühmt. Vor einiger Zeit war ein Wanderkünstler mit einer Begabung für Malerei und einem starken Durst nach Bier in Balifor aufgetaucht. Der Künstler verdingte sich bei dem Minotaurus für Unterkunft und Verpflegung und Bier, soviel er trinken konnte. Als Gegenleistung stellte er ein Gerüst auf und arbeitete zwei Jahre lang an einem Ölgemälde an der Decke.

Das Gemälde stellte einen Satyr vor, der mit Mädchen vor einem idyllischen Hintergrund herumtanzt. Weder der Satyr noch die Mädchen zeigten sich besonders schamhaft, eine Tatsache, die die Gäste des Wirtshauses entzückte. Einige Leute behaupteten, daß Stammgäste des Minotaurus an ihrem krummen Hals zu erkennen wären.

Nach einem großen Schluck Bier zog William die Münze aus seiner Tasche. Sie lag jetzt kalt in seiner Hand, ein lebloses Metallstück.

»Was ist das?« fragte Harum. Seine dicken Finger schnappten die Münze aus Williams Hand.

»Es ist ein Geschenk von einer besonderen Person«, antwortete William.

Sintk, der Zwerg, mischte sich ein. »William ist überzeugt, daß die Münze über magische Kräfte verfügt.«

Der Minotaurus hob seinen Kopf und hielt die Münze gegen das Licht der Öllampe, die an der Wand hing. »Was bewirkt sie?«

»Sie hilft meinem Geist, andere Orte aufzusuchen.« William war erfreut, daß der Minotaurus sich nicht über ihn lustig machte.

Harum fragte: »Meinst du Seelenwanderung?«

William schaute ihn verblüfft an. »Was ist das?«

Harum grinste. »In meiner Heimat habe ich einmal eine Strafe in völliger Isolationshaft abgesessen. Einzelhaft ohne jeglichen Kontakt mit anderen. Man kann sich diese schreckliche Einsamkeit kaum vorstellen. Du wirst von dem Bedürfnis nach Gesellschaft verrückt. Mein Geist wurde schrullig und teilnahmslos, bis ich mir selbst beibrachte, geistige Reisen zu unternehmen. Phantasiereisen. Das half mir, meine geistige Gesundheit zu bewahren.«

Sintk fragte zweifelnd: »Und das passierte nur in deinem Kopf?«

»Wer kann das mit Sicherheit sagen!« Der Minotaurus hob seine breiten Schultern. »Aber wenn du deinem jetzigen Leben mit Hilfe einer solchen magischen Münze entrinnen kannst, dann bist du ein glücklicher Mann, William.«

William strahlte. »Ich sagte dir doch, die ist wirklich magisch«, sagte er zu Sintk.

Im selben Moment ertönte am anderen Ende der Theke ein Schrei. Ein Mann knallte seinen Humpen auf den Tresen und trieb seine Faust in den Magen eines lauten, streitsüchtigen Trinkkumpans. Der unerwartete Hieb schlug das Großmaul nach hinten; er stürzte gegen den Tisch, an dem die Halbelfen saßen. Ihr Tisch stellte sich hochkant und schlug an die Wand.

Die Halbelfen, vom Wein berauscht, sprangen auf, um sich zu verteidigen. Einer fiel über den schlummernden Hobgoblin; ein anderer wurde von einem langbärtigen Zwerg niedergeschlagen. Der Hobgoblin auf dem Boden wurde wach, schlug seine Augen auf und richtete sich auf. Ein Stiefel traf ihn am Kopf, und prompt wurde er wieder bewußtlos.

Die Gäste eilten von allen Seiten herbei, um die Schlägerei besser genießen zu können. Ein anderer Halbelf taumelte in einen Menschen, der daraufhin dem Übeltäter einen harten Schlag gegen das Kinn versetzte. Im Nu waren die meisten Tavernengäste beschäftigt, laut und gewalttätig Hiebe zu verteilen, zu treten, zu beißen, zu heulen und Schläge auszutauschen.

»Entschuldigt mich«, knurrte der Minotaurus. Er gab William die Münze zurück, mischte sich in den Tumult und packte einen Halbelfen am Hals und an der Hose. Er schmiß den Elfen gegen eine Wand. Dann bekam Harum die Spitze seines Bartes zu fassen und verfuhr auf dieselbe Weise mit einem kreischenden Zwerg.

Williams Entsetzen vermischte sich mit Bewunderung für Harum.

»Laß uns hier verschwinden«, sagte er mit zitternder Stimme.

»Du kannst ja gehen.« Der Zwerg rieb sich voller Freude die Hände. »Ich habe noch nie an solchen ›Wandschmeißereien‹

teilgenommen.« Sintk stürzte sich ebenfalls in das Gefecht. William steckte die Münze ein und stürzte zur Tür.

William saß hinter der Theke im Wirtshaus Zum Flötenden Eber. Er war fast den ganzen Abend allein gewesen und hatte die Münze immer wieder in seiner Hand gedreht. Er dachte an Tom, den alten Schneider, und wie friedlich und sorglos das Leben gewesen war, bevor die Drakonier Balifor überrannt hatten. Die Münze glänzte im Lampenlicht, während William sie grübelnd betrachtete. Sie *ist* trotz allem eine ungewöhnliche und wunderschöne Münze, dachte er.

»William... komm schnell!«

Es war ein leises Flüstern, dann ein leichtes, vorsichtiges Klopfen an der Hintertür des Wirtshauses.

Er erhob sich von seinem Barhocker, nahm eine Öllampe und ging zur Hintertür des Wirtshauses. Er entriegelte die Tür, öffnete sie und nahm zwei schattenhafte Gestalten in der Dunkelheit wahr. William trat zurück, als Sintk und Harum El-Halup den Raum betraten. Sie rochen nach zuviel Bier.

»Wir wollen Tom befreien«, erklärte Sintk mit ungewohnter Leidenschaft. »Du gehst doch mit uns, nicht wahr?«

»Ihr seid betrunken«, erwiderte William.

»Wir haben getrunken«, stellte der Minotaurus klar, »aber wir sind nicht betrunken. Da besteht ein entscheidender Unterschied, den du als Tavernenbesitzer eigentlich kennen solltest.«

William dachte kurz nach. »Wie sieht euer Plan denn aus?«

»Wir haben noch so gut wie keinen«, gab der Minotaurus zu.

Doch als er die Gesichter von Sintk und Harum musterte, erkannte er, daß es ihnen ernst war. Er hielt die Münze sehr fest in seiner Hand.

Nun, warum nicht?

»Ich habe eine Maske und ein Schwert für dich.« Der Minotaurus öffnete einen kleinen Stoffsack und zog ein langes, schwarzes Tuch hervor.

William nahm das kurze Krummschwert in der Scheide von dem Minotaurus entgegen, band den Gürtel um seine Taille und stülpte die Maske über seinen Kopf. Er fühlte sich... entschieden... anders. Er starrte stolz auf sein Spiegelbild in dem gewölbten Glas hinter der Theke und dachte sich, William Süßwasser, heute abend hast du keine magischen Münzen nötig, um ein Held zu sein.

Die Stadt war dunkel und ruhig, als die drei Gefährten aus der Hintertür des Wirtshauses Zum Flötenden Eber glitten. Geräuschlos bewegten sie sich durch die Nebenstraßen von Balifor. Am Stadtrand blieben sie stehen. Das Mondlicht lag auf den Umrissen des dunklen steinernen Schlosses, das nicht weit entfernt in der flachen Ebene lag. Über dem uralten Bauwerk lag etwas Groteskes, etwas Bösartiges und Unheimliches. Keiner in Balifor konnte sich erinnern, daß das Schloß je bewohnt gewesen war.

Die Gefährten schlichen auf das Schloß zu, ohne eine einzige Wache zu erblicken. Die Drakonier waren zu überheblich; sie konnten sich gar nicht vorstellen, daß überhaupt jemand wagen würde, ihre Festung zu stürmen. Das einzige Licht fiel durch ein halb geöffnetes Tor, das in das Innere des Anwesens führte. Der Hof war schwach von einer niedrig brennenden Fackel beleuchtet, die ihr Licht auf einen schlafenden Wachmann warf, der im Inneren des Tores ausgestreckt lag.

»Wir haben Glück«, wisperte Harum. »Sie sind unachtsam. Bleibt hier. Ich kümmere mich um die Wache.«

Der Minotaurus bewegte sich vorsichtig auf die kleine Holzbrücke zu, die den Schloßgraben überspannte. Er überprüfte jede einzelne Planke, um sich zu überzeugen, daß das alte Holz nicht knirschen würde. Dann betrat Harum den Hof und schlich lautlos in den Schatten. Als nächstes zog er ein kurzes Seil aus seiner Hose. Es war an beiden Enden mit einem Holzpflock versehen. Das Seil hielt er stramm zwischen seinen dicken Händen und näherte sich dem Wachmann. Mit seinem Zeh tippte er den Arm des Schlafenden an.

Der Drakonier erwachte sofort und tastete nach seinem Schwert. Der Minotaurus ließ das Seil um seinen Hals fallen und wickelte die Pflöcke zu einem Würgeknoten.

Der Wachmann griff nach seiner Kehle und keuchte erstickt auf. Sein Mund öffnete sich weit, um doch noch Luft in seine Lungen zu lassen. Sein Kopf drehte sich hin und her, und dann stieß Harum seinen schweren Stiefel in den Bauch der Wache.

Der Drakonier fiel mit seinem Gesicht auf den Boden. Der Minotaurus beobachtete ohne Gefühlsregung, wie der Drakonier starb. Dann winkte er William und Sintk zu, ihm zu folgen.

William hielt seine Münze fest umklammert, während sie über die Brücke gingen. Sie eilten an der Wache vorbei, durchquerten den Hof und stiegen drei wuchtige Steintreppen am Schloßeingang hoch. William zog an dem Eisengriff des schweren schwarzen Tores, das sich mit einem lauten Quietschen öffnete. Sein Herz raste, und sein Kopf pochte vor Aufregung. Mutig zog er sein Schwert, als er durch das Portal ging. Er war bereit für alles, was sich innen aufhielt.

Sie betraten einen leeren Raum, der mindestens fünfzig Schritte breit war und ohne Möbel oder sonstige Dekorationen kalt und wenig einladend wirkte. Wände und Boden waren aus Stein. Der Raum wurde von Fackeln schwach beleuchtet, die in Metallhaltern an den rauchgeschwärzten Marmorwänden steckten. Die Gefährten bewegten sich schnell und lautlos und suchten nach einer Treppe, die zu dem Verlies nach unten führte.

William entdeckte Steinstufen, die sich abwärts ins Innere

des Schlosses wanden. Er gab einen leisen Grunzton von sich, um seine Freunde darauf hinzuweisen. Sintk und Harum eilten an seine Seite. William ergriff eine Fackel und führte sie auf ihrem Weg die schmalen Stufen hinunter an.

Die Stufen führten zu einem zentralen Wachraum, der von mehreren flackernden Fackeln hell erleuchtet wurde. Zwei Drakonier saßen an einem abgenutzten, alten Tisch und spielten Siebzehnundvier. Die zwei Gefängniswärter sahen erst auf, als Williams Schatten auf die Karten fiel.

»Hölle, wer bist du?« knurrte der näher sitzende Gefängniswärter. Er ließ seine Karten fallen und ergriff den Knauf seines Schwertes. Der andere machte ebenfalls Anstalten, sich von seinem Stuhl zu erheben.

William schleuderte seine Fackel auf den Boden. Er nahm sein Schwert mit beiden Händen und rammte die Klinge tief in die Brust des Drakoniers. Die Leichtigkeit, mit der der Stahl durch Fleisch und Knochen drang, verblüffte ihn.

William zog das Schwert heraus und erwartete, daß der Gefängniswärter auf den Boden stürzen würde. Doch der Drakonier stützte sich mit seinen stämmigen Klauenhänden am Tisch ab und stürzte sich mit einem leisen, heiseren Schrei auf William. Der Wirt wich der Gefahr flink aus, dann stieß er seine Klinge in die Kehle seines Gegners. Wieder wollte er seine Waffe herausziehen, doch die Klinge schien in einem Knorpel oder Knochen festzusitzen.

»Schnell!« brüllte Sintk. »Zieh sie heraus! Er verwandelt sich schon in Stein.«

William zog das Schwert mit beiden Händen heraus. Grünes Blut spritzte über die Tunika des Drakoniers. Ein Seitenblick zeigte William, daß der Minotaurus und Sintk den anderen Gefängniswärter bereits überwältigt hatten. Die Klinge des Zwergs steckte tief in seinem Bauch.

Die Drakonier lagen im Sterben und bewegten sich nur noch schwach. William trat über sein Opfer und ergriff einen großen Schlüsselring, der an einem Holznagel an der Wand hing.

»Die Gefangenen sind hier drüben!« zischte der Zwerg. »Komm schnell! Bring die Schlüssel mit.«

Am Ende eines der Korridore stießen sie auf eine riesige Zelle, die aus dem massiven Stein gehauen und mit wuchtigen Metallstangen versehen und einer großen Tür verschlossen war.

Dutzende von Gefangenen standen zusammengedrängt am Zellengitter. Hager und skelettgleich, zerrissen und hungrig, waren sie lebende Tote, bestimmt für die Folter oder die Hinrichtung. Ihre Vergehen waren geringfügig gewesen: Taschendiebstahl, Beleidigung eines Drakoniers, Fluchtversuch aus Balifor. Jetzt streckten sie ihre hageren, knochigen Finger heraus und baten um Hilfe.

»Beeilt euch, Burschen, beeilt euch!« sagte Tom, der Schneider, und schob sich nach vorne.

»Gesegnet seid ihr«, flüsterte ein anderer Gefangener.

»Halt den Mund!« knurrte der Minotaurus. »Du hetzt noch die ganze Armee auf uns.«

Alle verstummten, während William mit dem Schlüsselring hantierte und einen Schlüssel nach dem anderen im Schlüsselloch ausprobierte. Gerade als er zu zweifeln begann, ob überhaupt ein Schlüssel passen würde, flog die schwere Tür auf. William wich zurück, als der erste Gefangene auf wackeligen Beinen in den verrauchten Gang trat.

Es waren ungefähr fünfzig, die von Glück sagen konnten, daß sie noch lebten. Es waren mitleiderregende Gestalten, die sich da zusammendrängten und auf Anordnungen von William warteten.

Thomas, der Schneider, musterte in der Dunkelheit seine

maskierten Befreier. Er zeigte mit einem Finger auf William und erhob seine Stimme, damit die anderen ihn hören konnten: »Das ist William vom Wirtshaus Zum Flötenden Eber. Er hatte den Mut, uns zu helfen. Und Sintk, der Schuster. Und niemand kann Harum, den Minotaurus, verwechseln.«

»Bewegt euch«, schnappte Harum, »und spar dir dein Geschwätz.«

Der Steinboden im Hauptwachraum war glitschig vom grünen Blut der toten Drakonier. William rutschte in dem klebrigen Blut fast aus, gewann sein Gleichgewicht jedoch wieder und übernahm die Führung. Nachdem er einen Finger an seine Lippen gelegt hatte, um für Ruhe zu sorgen, stieg er die Treppe hoch.

Auf einmal blieb er ruckartig stehen. Drago und drei Hobgoblinleutnants kamen ihm entgegen. Sie waren mit Schwertern und Streitäxten bewaffnet, die sie voller Erwartung eines Blutvergießens unheilvoll schwangen. Drago schritt begierig vor seinen drei erfahrenen Mitstreitern. Er funkelte William direkt an, aber in seinen Augen zeigte sich kein Wiedererkennen.

»Komm schon! Komm schon!« höhnte Drago mit bösartig verzerrtem Mund. »Wir haben hier nicht so häufig Gäste. Wir würden deinen Aufenthalt gern zu einem denkwürdigen – und langen machen.«

Hastig wichen William und die befreiten Gefangenen in den zentralen Wachraum zurück, wo sie sich an der untersten Stufe der Treppe zusammendrängten. Sie saßen in der Falle. Sintk hob seine Waffe.

Von oben konnte William die Soldaten der Drachenarmee hören, die wach geworden und zum Kampf bereit waren. In der Ferne erscholl ein Horn. Die Schritte schwerer Stiefel dröhnten auf Steinstufen und in Korridoren. Türen wurden auf- und zugeschlagen, Schreie ertönten und hallten zurück, als die Soldaten in den leeren Raum über ihnen eilten. Harum deutete den anderen an, sie sollten zurückbleiben. Dann schlich er sich zur Tür des Wachraums und preßte seinen Rücken gegen die Wand.

Der erste, der seinen Kopf durch die Türöffnung steckte, war tatsächlich der wilde, übereifrige Drago. Der Hauptmann der Gefängniswachen hielt seine Streitaxt in Schulterhöhe. Er war bereit, auf jeden einzuschlagen, der in Sicht kam.

Als Drago die letzte Stufe erreicht hatte, schoß der Arm des Minotaurus mit einer schnellen Bewegung hervor, und seine starken Finger schlossen sich um Dragos Hals. Harum schleuderte mit seinen kräftigen Armen die Drakonierbrut durch den Raum. Angeführt von Sintk, sprangen die Gefangenen zu dem Drakonier und schlugen mit bloßen Händen auf ihn ein. Sintk bereitete dem Folterknecht mit einem schnellen Dolchstoß ein Ende.

Als die drei Hobgoblins von ihrem Hauptmann nichts mehr hörten, zögerten sie auf der Treppe und kamen abrupt zum Halt. Hinter ihnen stauten sich die Soldaten. Sie waren aber auch nicht so erpicht, den Wachraum zu betreten und dem erregten Minotaurus gegenüberzustehen. Aber es wäre lediglich eine Frage der Zeit...

In der Zwischenzeit war William aufgefallen, daß die Fackeln an der Wand im Wachraum flackerten – immer in die gleiche Richtung. Er bewegte sich an der Wand entlang und entdeckte einen Luftzug, der um einen riesigen Steinblock pfiff. Entschlossen stieß er gegen den Stein, der sich bewegte und einen dunklen Gang freigab.

»Hier entlang!« rief er.

Alle kletterten ihm nach. Der Gang war finster und gespenstisch. In schnellem Tempo führte William sie einige hundert Meter an, bis er einen kleinen Fleck silbernen Mondlichtes sah. Er deutete ihnen an, sie sollten stehenbleiben.

William kroch zu einer vergitterten Abzugsöffnung, die auf eine mondbeleuchtete Landschaft zeigte. Der Tunnelausgang befand sich in der Nähe des Meeres, und der Wind wurde durch die sich vorbeischlängelnde, steinerne Hafenmauer in den Tunnel geleitet. Jenseits der flachen Ebene waren die funkelnden Lichter des Hafens von Balifor zu erkennen, der nicht mehr als eine halbe Meile entfernt sein konnte.

Unglücklicherweise schien ihre Flucht hier ein Ende zu nehmen, denn ein massives Metallgitter versperrte den Ausgang.

»Wir sitzen in der Falle«, stöhnte Sintk.

Tom, der Schneider, begann zu seufzen.

»Sie folgen uns«, warnte ein Kender, der zu den Gefangenen gehörte. Die feste Stimme eines Befehlshabers war zu hören, der seine Soldaten in den Tunnel schickte.

»Laßt mich mal diese Gitterstangen ansehen«, sagte Harum und schob sich nach vorne.

Der Minotaurus stellte sich neben William, und mit seinen Händen begann er, das Gitter zu untersuchen. Schließlich meinte er: »Tretet zurück.« Harum legte seine Schultern an eine der Stangen. Der Mond warf sein blasses Licht auf das Gesicht des Minotaurus. Dann holte er hinter seiner Maske tief Luft.

Harum drückte seine Schulter mit seiner ganzen Kraft gegen die Stange. Er grunzte und strengte sich an, das Metall aus den Steinsockeln zu reißen. Einmal, zweimal warf Harum sein ganzes Gewicht gegen das Gitter.

»Sie haben den Weg hierher eingeschlagen!« schrie Sintk.

Alle schauten zurück und sahen flackernde Fackeln, die sich in dem Tunnel bewegten.

»Machen wir die Nachhut!« rief William voller Mut zu Sintk. Er faßte den Zwerg am Arm, und beide drängten sich durch die Gefangenen. Ihre Schwerter hielten sie zur Verteidigung bereit.

Inzwischen versuchte der Minotaurus sein Glück an der anderen Seite der Stangen. Doch auch hier gaben sie nicht nach. Er sprang mehrmals mit voller Wucht dagegen, und einmal bewegte sich das Metall auch – es blieb aber immer noch fest im Stein verankert.

Aufgebracht befahl der Minotaurus den anderen, noch weiter zurückzutreten. »Gebt mir Platz zum Anlauf«, fauchte er.

Harum lief in den Tunnel zurück und hielt in Sichtweite des vorwärts schreitenden Suchtrupps an. Die Soldaten gaben ein lautes Gebrüll und Flüche von sich. Doch Harum El-Halup schenkte ihnen keine Beachtung, sondern machte sich bereit, vorwärts zu stürmen. Dann stieß er ein lautes Gebrüll aus und rannte los, wobei er mit jedem Schritt sein Tempo beschleunigte. Kurz bevor Harum das Eisengitter erreicht hatte, drehte er sich und sprang in die Luft. Er schleuderte zurück und schlug mit einem gräßlichen Aufschlag gegen das Gitter.

Die Stangen gaben ein metallisches Krachen von sich und wurden mit einem Ruck aus ihren Sockeln im Mauerwerk gerissen. Alle jubelten, als das Gitter auf den Boden fiel. Harum rollte über den Boden und ließ im blassen Mondlicht Staub aufwirbeln. Mit einem Schnaufen kam er wieder auf die Beine.

»Setzt die Stangen wieder ein«, schrie William, nachdem die fliehenden Gefangenen aus dem Tunnel geströmt waren.

Sintk führte die anderen dabei an, das Gitter wieder aufzurichten, während William und der Minotaurus davonrasten, um ein großes, altes Holzbrett zu holen. Alle halfen, das Holz zum Befestigen der Gitterstangen einzuklemmen.

Sekunden später stürzten die Soldaten der Drachenarmee zum vergitterten Ausgang. Sie heulten und brüllten und trommelten gegen die Stangen, während die Gefährten ins Dunkel davoneilten.

Aufmerksam schaute sich William draußen um und sah einen

Trupp von berittenen Drakoniern aus dem Schloßtor reiten. Der Anführer verteilte seine Männer kreisförmig um das Schloß herum. Gut, dachte William. Dadurch gewinnen wir Zeit. Er überlegte ruhig und gelassen und spürte keine Angst. Seine Augen schweiften nach vorne.

Doch dann gab das eingeklemmte Holz offensichtlich nach, und die Soldaten stürmten aus dem Tunnel. Als ihre Fackeln aufleuchteten, liefen William und seine Gruppe davon, bis sie das Ufer erreichten. Dort wartete ein Dutzend eichengerippter Fischerboote mit Ruderern aus Balifor. Sie waren bereit, in See zu stechen.

»Dein Plan?« fragte William überrascht.

»So gut wie keiner«, erwiderte der Minotaurus.

Ein Boot nach dem anderen wurde beladen und ins Wasser gelassen, bis eine kleine Flotille mit den Befreiten auf den blauschwarzen Wellen trieb. In das letzte, kleinere Boot stiegen William, Sintk und Harum El-Halup, die die Nachhut bildeten. Doch die Gefahr war vorbei; als die ersten Drakonier zur Küste stolperten, waren sie bereits außer Hörweite.

Eine Meile vor Balifor hielten die kleinen Boote auf dem Meer zögernd an.

»Ich habt einen Vorsprung vor den Küstenwachbooten!« schrie William Tom, dem Schneider, über die tosenden Wellen zu. »Wenn ihr euch beeilt, könnt ihr mit etwas Glück woanders lange und glücklich und frei von Ketten leben!«

»Was ist mit euch?« rief Tom mit gewölbten Händen vor dem Mund zurück.

William brauchte Sintk nicht zu fragen, denn der schnarchte bereits unter einem Rindsleder, oder Harum, der für vier Männer ruderte. Drago war tot. Sie konnten sich daher unbemerkt in den Hafen stehlen, und niemals würde ein Verdacht auf sie fallen

»Balifor ist unser Zuhause!« schrie er in den Wind. Aber er bezweifelte, ob sie ihn hörten, denn die Reihe der Boote bewegte sich schon weiter gen Westen.

Harum und William ließen Sintk schlafen, bis sie sicher den Hafen erreicht hatten. Der Minotaurus machte das Boot fest, und sie rappelten sich am Ende eines kleinen Piers auf, der für den Handel bestimmt war. Auf der anderen Seite des Hafens herrschte hektisches Treiben, Feuerkugeln blitzten auf, und Schreie ertönten von den Drakonierschiffen. Aber ihr Dock war praktisch verlassen. Niemand war in der Nähe, der sie hätte bemerken können.

Sie klopften sich gegenseitig auf die Schulter, und dann verschwand Harum eilig im Nebel. Sintk und William hielten sich an die Nebengassen, bis das Wirtshaus Zum Flötenden Eber in Sicht kam. Sintk setzte gleich seinen Weg zu seinem Schusterladen fort.

Im Wirtshaus angelangt, riß William seine Maske vom Gesicht und warf sie in einen Abfalleimer. Schwert und Scheide hängte er an einen Holzhaken an der Wand. Die nächtliche Unternehmung ließ ihn noch immer schwer atmen. Lächelnd ging William hinter die Theke und schenkte sich ein großes Glas Zwergenschnaps ein.

William kam mit einem Schnaufen wieder zu sich. Er saß auf seinem Hocker hinter der Theke seines Wirtshauses. Sein Kopf schmerzte, und der Schmerz begann sich auch in seinen Muskeln festzusetzen. Einen Moment lang glaubte William, er hätte Schüttelfrost. Seine dicken, kurzen Finger öffneten sich, und die Münze fiel auf die Theke. Das Metall war bei seiner Berührung warm.

Was für ein wunderbarer Traum, dachte er. Er war so mutig gewesen. Mit einem tiefen Seufzer entschloß sich William,

und Malz zu bekommen, die ihm in der Qualität gleichwertig waren.

Tika, die sich mit den Eimern abkämpfte, kehrte jetzt zurück und fragte keuchend: »Otik? Ich habe niemals gefragt, warum du das Wirtshaus so benannt…«

»Der Name ist nicht von mir. Das Wirtshaus Zur letzten Bleibe von…«

»Warum die letzte Bleibe?«

»Habe ich dir das nie erzählt?« Er begutachtete eingehend das Holz, jede Schramme nahm er wahr, jede hellglänzende Furche in dem durch die Jahre gedunkelten Vallenholz. »Die Menschen in Solace bauten ihre Häuser in die Bäume, weil es keinen Ort gab, wohin sie sonst hätten gehen können. Nach der Umwälzung hatten sie keine andere Möglichkeit; hungernde Plünderer und wahnsinnig gewordene Obdachlose zerstörten Dörfer und stahlen alles, was ihnen in die Hände kam. Die Bevölkerung von Solace wußte, daß die Bäume ihre letzte Zuflucht waren, solange sie sich nicht selbst ausreichend verteidigen konnten.«

»Aber sie haben doch überlebt. Das Leben normalisierte sich auch wieder. Sie hätten sich also wieder auf dem Erdboden niederlassen können.«

Otik packte die Karre an den Griffen. »Folge mir.«

An der Vorratskammer blieb er stehen. »Der Mann, der dieses Wirtshaus einst erbaut hat, hieß Krale, der Starke. Man sagt, er konnte ein Faß Bier unter einen Arm klemmen und mit einer Hand den Baum hochklettern. Alles, woran er denken konnte, war, daß sein Wirtshaus innerhalb eines Jahres in Trümmern liegen würde.« Otik klopfte auf den Boden des Vorratsraumes. »Du warst hier schon tausendmal. Hast du je über diesen Boden nachgedacht?«

Tika zuckte die Schultern. »Er ist einfach aus Stein.« Plötzlich verstand sie. »Ein Steinboden? Aber ich dachte, die Feuerstelle...«

»Wäre die einzige Steinarbeit. So ist es. Dies ist ein einziger Stein, zwölf Meter über dem Boden eingesetzt, um das Bier kühl zu halten. Krale fertigte ein Geschirr aus Seilen an und zog den Stein selbst hoch. Dann hackte er diese Kammer aus dem lebenden Holz und legte den Boden ein. Er hat diese Kammer als letzte Zuflucht für die Bewohner gebaut, und er hat sie gebaut, damit sie für alle Ewigkeit besteht.«

Otik stampfte auf den Boden. Die Ecken waren abgerundet, wo der lebende Baum über den Stein getreten war, eine Nagelbreite im Jahr. »Und als dann die Gefahr vorüber war und das Volk von Solace wieder auf dem Erdboden hätte leben können, wollten sie es nicht mehr. Es waren ihre letzten Zufluchtsstätten. Auf der ganzen Welt kann jetzt kein anderer Ort für sie ein Zuhause sein.« Etwas verlegen über seinen Vortrag kam er zum Schluß. »Und für mich. Hol mir mehr Wasser, junge Dame.«

Während der Arbeit summte Tika. Ihre Stimme war süß und sanft, und Otik freute sich, als sie laut heraussang. Es war eine Ballade von den Hügeln mit einer wohlklingenden, traurigen Melodie; Tika sang sie mit voller Inbrunst so traurig, wie es ihr möglich war.

Beim zweiten Vers ließ sie ihr Scheuertuch fallen, schloß die Augen und vergaß Otik völlig. Er hörte schweigend zu, denn er wußte, daß sie erröten und verstummen würde, sobald er sie an seine Gegenwart erinnerte. In letzter Zeit war Tika Männern gegenüber verlegen und schüchtern – kein guter Charakterzug bei einem Barmädchen, aber für ihr Alter ganz natürlich. Er blieb geduldig und nachsichtig, denn ihre Scheu würde sich bald legen.

Tika sang:

Den Baum an meiner Tür
Habe ich zuvor sich verfärben sehen,
Und ich habe gesehen, wie er sich verzweigte und wuchs;
Und wenn er sich im nächsten Jahr verfärbt,
Werde ich immer noch hier sein,
Aber werde ich allein hier sein?

Als mein Schatz hier war,
Sangen Vögel am Himmel,
Und sie schwangen sich empor wie unsere Träume;
Jetzt ist er im Krieg,
Sie singen wie zuvor,
Aber all ihre Lieder sind traurig.

Meine guten Freunde, das weiß ich,
Werden heiraten und davongehen,
Und Abschied nehmen mit einem Kuß und einer Träne,
Mit Liebhabern, die davon erzählen können,
Und auch mit Kindern,
Und ich muß Jahr um Jahr warten.

Ihre Zukunft ist rosig,
Sie singen Tag und Nacht,
Und ich freue mich, zu wissen, daß sie glücklich sind…
Die Vögel, die ich sehe,
Singen mir immer noch zu,
Aber all ihre Lieder sind traurig.

Otik genoß die Melodie, obwohl er sie nicht kannte. Er beobachtete Tika, die beim Singen die Augen geschlossen hielt und die Arme schwenkte, und mit einem plötzlichen Schmerz erkannte er: »Sie ist alt genug für ihr eigenes Zuhause.«

Tika lebte schon lange bei ihm; sie stand ihm so nah wie eine Tochter, die er niemals gehabt hatte. Zuvor hatte er viele Jahre glücklich allein gelebt. Jetzt wußte er nicht mehr, wie er das ertragen hatte.

Als sie schließlich das Lied beendet hatte, sagte er: »Schön gesungen. Was war das?«

»Das?« Sie errötete. »Ach, das Lied. Es heißt ›Das Lied der wartenden Elen‹. Ich habe es gestern abend gehört.«

»Ach ja, ich erinnere mich.« Der Sänger war höchstens dreiundzwanzig gewesen und die meisten seiner Zuhörer fünfzehn. Er hatte lockiges, dunkles Haar und tiefblaue Augen, und bereits beim zweiten Lied hatte sich die Hälfte aller Mädchen von Solace um ihn geschart. »Ein junger Mann hat es gesungen, nicht wahr?«

»Du nimmst mich auf den Arm.« Tikas Blick verfinsterte sich, obwohl Otik lächelte und den Kopf schüttelte. »Du nimmst mich nicht ernst.«

»Oh, doch, das tue ich. Dieser junge Mann, der das Lied gesungen...«

»Rian«, sagte sie leise. Ihr Blick war immer noch finster. »Er ist nicht mehr so jung. Weißt du, daß er bereits sieben graue Haare hat?«

»Wirklich? Genau sieben?«

Sie bemerkte nicht den neckenden Ton, sondern nickte heftig. Ihre Locken hüpften dabei auf ihren Schultern. »Genau. Er ließ drei von uns zählen, nachdem er mit dem Singen fertig war, und wir sind alle auf die gleiche Zahl gekommen.«

»Nett von ihm, euch das zu erlauben.«

»Oh, ich glaube, es gefiel ihm«, entgegnete Tika unschuldig. Dann runzelte sie die Stirn. »Insbesondere bei Loriel.«

»Wer war denn Loriel?« Es waren so viele gewesen. Nachdem Rian gesungen hatte, waren die jungen Frauen zu Otiks großer Belustigung mit erhobenem Kopf und erhabenen Gedanken durch das Wirtshaus stolziert. Ein junger, rothaariger Mann, ein spindeldürrer Ortsansässiger, hatte mit weit aufgerissenen Augen in einer Ecke gesessen und nach der Gesangsdarbietung zielstrebig Gedichte mit den Lippen geformt. Seine Freunde waren offensichtlich besorgt gewesen, daß er anfangen könnte zu singen.

Tika schrubbte so wild an einem Faß, daß sie es fast umstieß. Otik machte es für sie fest, während sie beiläufig bemerkte: »Loriel? Ach, du weißt schon. Immer die Nase gerümpft, zu viele Sommersprossen, zeigt ihre Zähne beim Lachen – es ist eine Schande, daß sie nicht gerade sind – es ist die mit dem vollen Haar, weißt du, die mit der gelben Mähne.«

»Ach die mit dem schönen blonden Haar!«

Seit kurzem war Loriel häufig im Wirtshaus. Für Otiks Geschmack lachte sie zuviel, aber den Jungen in ihrem Alter schien es zu gefallen. Außerdem hatte sie die Angewohnheit, sich so vor den Leuten umzudrehen, daß ihr Haar wie eine Wolke hochflog und sich wieder legte. Otik hatte Tika schon zweimal dabei ertappt, daß sie das gleiche geübt hatte.

»Du findest es schön?« Tika versuchte, überrascht auszusehen. »Das ist ja nett. Armes Ding, sie wird sich freuen.« Schrubb, schrubb.

Sie begann sich die Augen zu reiben. »Ach, Otik! Er mag *sie* und nicht mich.«

»Nun komm.« Otik legte einen Arm um sie, bedauerte (nicht zum ersten Mal), daß er keine Frau gefunden hatte, denn dann hätte eine feinfühligere Person dem armen Mädchen helfen können. Tikas Freunde kannte er kaum. »Nun komm. Es ist ja nicht so, daß er deine wahre Liebe ist, nur ein älterer Bursche mit einer guten Stimme. Im Grunde willst du ihn ja gar nicht.«

Tika lachte und wischte sich mit dem Arm über die Augen.

»Das stimmt. Aber Loriel ist doch wohl meine Freundin – was sieht er bloß in ihr?«

»Ach so.« Jetzt verstand er. »Na ja, sie ist älter als du.«

»Wein nicht wieder.« Und dann fügte er einen Scherz hinzu, um ihr ein Lächeln zu entlocken: »Du wirst das Bier versalzen.« Es funktionierte fast. »Du mußt geduldig sein, wie die Frau in diesem Lied. Wie ging das noch mal?«

Tika schaute voller Sehnsucht drein und vergaß ihren Kummer. »Es geht um einen Mann, der seine Geliebte zum Abschied küßt und für immer weggeht, doch sie weiß das nicht und wartet auf ihn, bis sie alt und einsam ist und stirbt…«

»Vögel sangen, als sie starb.«

Tika seufzte glücklich. »Und all ihre Lieder waren traurig. Otik, wird mein Leben auch so enden? Glaubst du, daß es mir auch so ergehen wird, einsam und allein zu leben, und niemand ist da, der mich liebt und mit mir zusammenlebt, so daß ich allein schlafen muß und nur für mich koche?«

Otik sah lange Zeit in den Spiegel, der am anderen Ende der langen Theke hing. Schließlich drehte er sich um. »Manchmal passiert so etwas. Doch sicherlich nicht dir. Nun mach schon, meine Hübsche, hol das letzte Faß.«

Er scheuerte heftig an dem Maischbottich, vielleicht heftiger als erforderlich.

Es war Mittag, aber es wurden keine Würzkartoffeln gebraten, und niemand schrie nach Bier. Otik hatte einen Bierkrug über den Pfosten an den untersten Stufen gestülpt, damit selbst ein Uneingeweihter Bescheid wußte und nicht unnötigerweise die Stufen hochstieg. Immer wenn Otik Bier braute, schloß er das Wirtshaus und öffnete erst wieder, wenn die Bierwürze fertig war.

Der Maischbottich war sauber und mit Quellwasser gefüllt

und wartete hinter der Theke auf den Malzsirup. Der Sirup war erwärmt und wartete. Die Hefe, die letzte Zutat für die Bierwürze, stand in einer Schüssel auf der Theke.

Aber der Hopfen war noch nicht eingetroffen, und Otik war so ungeduldig wie sonst nur Tika, bis er endlich langsame, schwere Schritte auf den Stufen vernahm.

»Tika«, rief er, »komm her.« Sie erschien in der Küchentür und wischte sich die Hände an ihrer Schürze ab, während er sagte: »Hörst du das? Jemand trägt etwas Schweres herauf. Unser Hopfen ist da.« Er spitzte die Ohren und lauschte mit der Erfahrung vieler Jahre. »Nicht so schwer, wie ich dachte. Hat Kerwin etwa nicht die ganze Ladung mitgebracht?«

Die Tür zum Wirtshaus flog auf, und eine Tasche aus Juteleinen watschelte offenbar selbständig herein, hüpfte über den Boden und kam vor dem Bottich zum Halt. Ein Kender, von seiner schweren Last noch gebeugt, spähte durch seine gewölbten Augenbrauen auf Otik und Tika und brach plötzlich in ein Grinsen aus.

»Mondkerz.« Otik sprach den Namen des Kenders ohne erfreuten Unterton aus. Bei den Menschen waren die kleinen, schelmischen Kender berühmt und berüchtigt für ihre Streiche und ihre Gleichgültigkeit gegenüber dem Eigentum anderer, und unter den Kendern war Mondkerz Leichtfinger besonders berühmt und berüchtigt. Selbst von nüchternen Wanderern wurde erzählt, daß einmal, als sich Mondkerz am Kristalmirsee aufhielt, die Mannschaft eines kleinen Fischerbootes völlig bekleidet auf Deck erwacht war und feststellen mußte, daß ihr Boot zwischen zwei Bäumen neun Meter über dem Boden schwebte. An den obersten Ästen waren Kerben von einem Flaschenzug zu erkennen, aber der Flaschenzug war entfernt worden. Acht Männer waren zwei Tage lang beschäftigt, das Boot herunterzuholen.

Außerdem wurden Geschichten erzählt, möglicherweise von dem Kender selbst in Umlauf gebracht, daß Mondkerz bei verschiedenen Gelegenheiten den Schwanz einer Katze gestohlen habe, dann das blonde Haar einer menschlichen Frau und schließlich in einer Nacht mit einer unerklärlichen Mondfinsternis sogar das Mondlicht – auf diese Weise wäre er an seinen Namen gekommen. Otik unterstützte dagegen die ebenfalls weitverbreitete Theorie, daß der Name des Kenders eine schmeichelhafte Verzerrung von »Mondscherz« war.

Mondkerz lächelte zu Otik hoch. »Hier ist dein Hopfen, und die Götter wissen, wieviel tausend Male ich gebeten habe, daß er doch lieber von allein hier anhopsen könnte. Wo ist mein Lohn?« Und er fügte hinzu: »Mit Gold gebe ich mich zufrieden.«

Otik lächelte nicht zurück. »Kerwin wollte den Hopfen bringen. Was ist mit ihm geschehen?«

»Du hast ihn im voraus bezahlt. Er hatte Geld. Er wollte um Geld spielen.« Der Kender fuhr mit einem offenen Lächeln fort: »Ich sagte ihm, wir könnten um alles spielen: Knöpfe, Steine, Sachen in unseren Taschen – aber er wollte nicht hören. Er war überzeugt, eine Glückssträhne zu haben.«

Otik starrte den Kender an. »Er hat also tatsächlich mit dir um Geld gespielt? Allmächtige Göttin des Überflusses, paß auf deine einfältigen Waisenkinder auf! Und was ist mit ihm geschehen?«

Mondkerz schaute traurig drein. »Er hat verloren.«

Otik entgegnete trocken: »Ich bin schockiert.« Als Mondkerz Einspruch erheben wollte und seinen Mund öffnete, fuhr Otik fort: »Mach dir nichts daraus. Aber warum trägst du nun den Hopfen?«

Jetzt sah Mondkerz verlegen und wirklich wütend aus. »Kerwin meinte, da ich nun seinen Lohn hätte, müßte ich seine Arbeit erledigen. Ich sagte, das wäre töricht, und wir stritten, und schließlich kamen wir überein, zu spielen, wer diese Reise unternehmen sollte.«

»Selbstverständlich warst du einverstanden. Du kannst ja auf kein Spiel verzichten. Und?« Otik vermutete zwar das Ergebnis, konnte aber nicht daran glauben.

Der Kender platzte heraus: »Er gewann. Ich kann mir nicht vorstellen, wie das passieren konnte. Er muß geschwindelt haben.«

»Zweifellos. Also, für deine Reise wurdest du bezahlt, aber für deinen Ärger spendiere ich dir ein Bier und eine Mahlzeit, wenn du möchtest.« Otik kniete sich nieder, öffnete den Sack und fuhr mit seinen Händen durch den Hopfen.

»Ich habe unterwegs gegessen. Ich teilte mein Mittagessen mit – na ja, mit einem anderen Wanderer eben.« Der Kender spielte am Ende seines kurzen Hupakstockes herum. Der Stock, der gleichzeitig die beste Waffe und das Hauptmusikinstrument der Kender war, schien ihn zu belasten.

Jahrelange Wirtshauserfahrung hatte Otiks Ohr für Ausflüchte geschärft. »Was für ein Wanderer?«

»Ein Mensch.« Mondkerz zuckte die Achseln und griff wieder nach dem Hupakstock, der sich in seinem Gürtel verschoben hatte. »Dieses Teil scheint nicht richtig im Gleichgewicht zu sein.«

Otik verstand plötzlich, warum es dem Kender unangenehm war, über den anderen Reisenden zu sprechen. »Vielleicht hat es etwas mit der Geldbörse zu tun, die oben an der Spitze aufgespießt ist«, gab er zu bedenken.

»Geldbörse?« Der Kender wirbelte herum. Der Stock wirbelte natürlich mit ihm herum. »Ich sehe keine Geldbörse.«

»Sieh über deine Schulter. Nein, die andere Schulter. Die Zugschnur ist um die Spitze deines Stabes gewickelt.«

Otik seufzte, als der Kender mit einem Blick offensichtlichen Unglaubens in die angegebene Richtung spähte. Daß er etwas mit dem Eigentum eines anderen zu tun haben könnte, schien er nicht wahrhaben zu wollen.

»Schau dir das doch mal an! Eine Geldbörse, so wie du gesagt hast. Stell dir das vor. Wie konnte das bloß passieren?«

»Scheint unglaublich«, stimmte Otik höflich zu.

»Und trotzdem… Ja, ich kann mir denken, wie das passiert sein könnte. Du weißt, wie wir Hupaks benutzen?«

»Ungefähr.« Kender konnten mit einem Hupakstab schneller umgehen, ob im Kampf oder um ein Geräusch zu erzeugen, als ein Mensch gucken konnte. Otik hatte schon erlebt, wie ein betrunkener Krieger einen Kampf gegen einen scheinbar unbewaffneten Kender verlor. Zu Beginn des Kampfes war der Kender anderthalb Meter von seinem Hupak entfernt gewesen.

»Gut. Also, ich habe gesungen und mich selbst begleitet, indem ich meinen Hupak herumwirbelte, um einen hohen Ton zu erzeugen – an einem trockenen Tag mit wenig Wind kann ich zwei Töne auf einmal hervorbringen –, und ich drehte ihn um mein Handgelenk, und ich muß die Schnur der Geldbörse beim Drehen erwischt haben.«

»Ah. So muß es gewesen sein.«

»Ich zeige dir, wie es passiert sein muß.« Mondkerz wirbelte den Hupak über seinen Kopf und ganz nebenbei über die Theke. »Es ist einfach schwer zu erkennen, wohin sich die Spitze des Hupak genau bewegt, wenn er sich dreht…«

»Das sehe ich.« Otik holte sich geschickt den Bierkrug zurück, der anscheinend aus eigenem Antrieb über die Spitze des Stabes gerutscht war. »Zufälle kommen vor.«

»Natürlich.« Mondkerz sah ihn hartnäckig voller Unschuld an. »Weil ich niemals, wirklich niemals eine Geldbörse von jemandem stehlen würde.«

»Natürlich nicht.«

»Erst recht nicht von diesem Mann. Er war so nett und wußte so viel.« Mondkerz stützte sich auf seinen Stab. »Wir teilten unser Mittagessen und tauschten verschiedenes aus, und er erzählte die tollsten Geschichten. Er ist auf der Suche nach Steinfischen zum Boden des Kristalmirsees geschwommen und hat Pflanzen am Rand des Düsterwaldes gesammelt. Einmal ist er im Mondschein einen toten Baum hochgeklettert, und er hat die merkwürdigsten Geschichten erzählt, wie er sich mit dem Geist seiner Großmutter unterhalten hat, die ihn niemals respektiert hatte. Sein Name war Ralf. Er war unterwegs, seine Mutter zu besuchen, sagte er.« Der Kender fügte nachdenklich hinzu: »Sie muß Juwelen sehr mögen; er hatte unheimlich viele kleine Geschenke für sie dabei, und die ganze Zeit hat er ihren Namen verwechselt. Er sagte, er hätte ein Pulver, um Gwendol, dann Genna, dann Gerria zu versorgen...«

»Ein Magier?« Otik überkam bei Magie immer ein unbehagliches Gefühl.

»Aber nein.« Mondkerz schüttelte heftig seinen Kopf. »Er verkauft lediglich Glücksbringer: Zaubertränke, Puder, Elixiere, Amulette – nichts Bedenkliches. Also, dies ist wahrscheinlich recht harmlos.« Er hielt Otik den Beutel entgegen. »Wahrscheinlich wird der arme Mann eines Tages hier aufkreuzen und danach suchen. Würdest du...«

»Nein.«

»Nur für eine Nacht; sicherlich wirst du nicht...«

»Nein.«

»Welcher Schaden könnte denn überhaupt...«

»Ich habe keine Ahnung, was für ein Schaden damit verbunden sein könnte«, sagte Otik entschieden. »Und ich habe nicht die Absicht, darüber nachzudenken. Ich halte mich von Magie einfach fern.«

Der Kender schaute mitleidig drein. »Auf diese Weise entgeht dir viel Aufregendes.«

»Vor langer Zeit habe ich einen Schwur geleistet. Ich habe mein Leben dem Ziel geweiht, zu großer Aufregung zu entgehen.«

»In Ordnung.« Mondkerz ließ den Beutel in seiner Handfläche aufspringen. »Ich gebe ihn selbst zurück. Eines Tages.«

»Nett von dir. Da tut es mir wirklich leid, daß du keinen Hunger mehr hast. Warum nimmst du nicht...«, – mit einer schnellen Handbewegung bekam Otik Mondkerz' Arm zu fassen, der über die Theke geglitten war –, »...einen Humpen Bier für deine Kehle.«

»Gute Idee.« Der Kender ergriff einen Humpen. »Vielleicht könnte ich hier über Nacht bleiben«, schlug er sehnsüchtig vor.

»Nein.« Otik seufzte. »Ich muß immer noch die Gabeln vom letzten Mal ersetzen.«

Mondkerz winkte mit einer Hand ab. »Sicherlich gibst du mir nicht die Schuld... Hat da nicht jemand in der Küche geschrien?«

Es war ein Schrei. Es hörte sich an wie eine eingeklemmte Köchin. Otik stöhnte. »Das Regal in der Vorratskammer ist wieder heruntergekommen.« Er trottete zur Küchentür. Dort wirbelte er noch einmal herum. »Solange ich weg bin, berührst du nichts ohne Aufforderung.«

»Vernünftiger Rat«, murmelte der Kender. Als Otik durch die Tür verschwand, war der Kender erst einmal still.

Der Zapfhahn am Theken-Faß sagte mit quietschender Stimme: »Füll deinen Krug nach, Mondkerz.«

»Das werde ich tun«, antwortete der Kender glücklich, »und vielen Dank für die Aufforderung.« Während er trank, ließ er, um in Übung zu bleiben, den Schrei der eingeklemmten Köchin aus einem seiner Beutel an seiner Seite ertönen.

Er hielt seinen Hupak gerade und wirbelte ihn und brachte die Geldbörse an der Spitze ins Gleichgewicht. Als die Bänder sich lösten, fing er den Beutel geschickt auf und roch daran. »Was für ein komischer Geruch.« Er öffnete ihn und kippte ihn um. Eine Prise Pulver, das wie Zimt aussah, rieselte auf den Boden. Mondkerz machte ein langes Gesicht. »Das ist ein Zauber. Außerdem etwas Schreckliches – furchtbar süß und gewürzt. Es ist nicht einmal beschriftet; es könnte alles und nichts sein. Was erwartet Ralf bloß von Leuten, die zufällig seinen Beutel finden, wie sie herausfinden sollen, was sie damit anfangen können?« Er seufzte. »Magier sind so unzuverlässig.«

Mondkerz tastete den Beutel ab. »Trotzdem netter Beutel.« Er sah sich hinter der Theke nach etwas um, wo er den nutzlosen Staub loswerden konnte, als sein Blick auf den Maischbottich mit der Bierwürze fiel, auf den der Deckel nur lose aufgesetzt war. Er grinste, hob den Deckel und leerte den Inhalt des Beutels in den Bottich.

Als Otik zurückkam, musterte er sorgfältig die Theke. Nichts schien zu fehlen. Er beäugte Mondkerz, der ihn unschuldig anlächelte. »Nettes Bier«, sagte der Kender.

»Es ist mein eigenes Rezept.« Dann fügte der Wirt hinzu: »Dank deines Beitrages wird das neue Bier noch besser.«

Der Kender würgte plötzlich. Otik bückte sich, um ihm auf den Rücken zu klopfen, und hob dabei einen leeren Beutel vom Boden auf. »Was ist das?«

»Gehört mir.« Der Kender riß ihn geschickt aus den Händen des Wirts. »Ich hoffe, daß ich ihn eines Tages füllen kann.«

»Nicht in meinem Wirtshaus.« Als der Kender sich zum Aufbruch erhob, fügte Otik hinzu: »Laß die Tür auf, damit der Braugeruch verschwindet. Wenn du zum nächsten Vollmond wiederkommst, kannst du probieren, was du hierhergebracht hast.«

»Am besten beeile ich mich«, sagte Mondkerz reuevoll. Was der Wahrheit entsprach – früher oder später würde Ralf auftauchen, um nach ihm zu suchen. »Ich hoffe, ich kann zurückkommen, um von dem neuen Bier eine Probe zu nehmen.« Er schüttelte Otik die Hand, der gleich darauf überprüfte, ob sein Ring noch am Finger steckte.

Otik lauschte beruhigt, wie sich die Schritte des Kenders auf der Treppe entfernten, und seufzte. Er sagte zu sich: »Eine Ursache für möglichen Ärger ist verschwunden und kein Schaden bisher entstanden. Jetzt muß die Bierwürze erhitzt werden.« Er ging nach hinten, um Tika zu suchen.

Als er weggegangen war, flogen zwei Rauchschwalben, ein Weibchen und ein Männchen, durch die offene Tür herein und pickten an dem feinen, würzigen Pulver, das auf dem Boden verstreut lag. Beide flogen in Kreisen wieder hinaus, kreischend, sich schnäbelnd und ihre Körper in wilder Ekstase aneinander pressend.

Nachdem Otik den Hopfen in den Maischbottich geschüttet hatte, säuberte er Steine von der Quelle, die vom Wasser glatt gewaschen worden waren, und schrubbte die Eisenzange, die er für die Steine benutzte. Das ganze Wirtshaus wurde warm, als er ein Feuer machte. Er öffnete eine Abzugsöffnung, um die Kohlen anzufachen. Die Steine legte er auf eine flache, saubere Platte über der Feuerstelle; nachdem die Steine erhitzt waren, tauchte er sie mit der Zange in die Bierwürze. Schon bald war er von der Hitze schweißgebadet. Er legte die Zange ab, um seine Stirn abzuwischen.

Ohne darum gebeten worden zu sein, nahm Tika die Zange und holte mehrere Steine aus dem Bottich und legte sie dann vorsichtig, um ein Aufspritzen zu vermeiden, erhitzt wieder hinein. Otik schnaufte und beobachtete sie voller Stolz. Als er jünger gewesen war, hatte er keine Pause nötig gehabt. Andererseits hatte er auch nicht zugelassen, daß Tika ihn beim Erhitzen ablöste, als sie noch jünger war.

Als der Bottich zu dampfen begann, dachte Otik wieder: »Sie ist alt genug für ihr eigenes Zuhause.« Er schüttelte den Kopf, um das Problem aus seinen Gedanken zu vertreiben, und versuchte, nur an das neue Bier zu denken.

Nach dem Erhitzen gossen Tika und Otik das Gebräu in kleinere Fässer. Otik achtete darauf, jedes Faß nur bis zu vier Fünfteln zu füllen, denn die Bierwürze sprudelte, wenn sie gärte, und ein volles Faß konnte explodieren. In jungen Jahren hatte Otik einmal ein Faß überfüllt; es hatte Wochen gedauert, bis der Gestank aus dem Wirtshaus verschwunden war.

Die abgefüllten Fässer schoben sie vorsichtig an den Baum und stellten sie dort aufrecht hin, wo sie zwar im Sonnenlicht, aber weg von den Außenwänden standen. In den ersten sieben Tagen würde das Bier gewärmt werden und gären, und der Satz würde sich ablagern. Danach würden sie die Fässer so behutsam wie möglich in die Vorratskammer mit dem Steinboden bewegen, wo das Bier bis zum nächsten Vollmond im Kühlen und in Ruhe gären konnte. Wenn sie bis dahin zusätzliche Fässer bekämen und ihre Energie noch reichte, würden Otik und Tika das Bier für den letzten Gärungsprozeß in frisch ausgewaschene Behälter gießen. Allerdings suchte Otik häufig nach Ausreden, um diese Arbeitsphase zu vermeiden; für jedes Brauen zweimal zu schrubben und halbfertiges Bier umzugießen schien schrecklich viel Arbeit für ein gutes Gebräu.

Doch jetzt war der harte Teil des Bierbrauens abgeschlossen, und beiden fanden, daß die Bierwürze bereits köstlich roch. Tika, die ihre Probleme vergessen oder zumindest beiseite geschoben hatte, sang einen weiteren Vers aus dem ›Lied der wartenden Elen‹:

Wird jemand, der weiß,
Wohin die ganze Zeit geht,
Kommen und mich an der Hand wegführen,
Ich weiß Tag für Tag,
Daß ich verwelke;
Es ist mehr, als mein Herz ertragen kann.
Es ist nicht so, daß er mehr
Als andere Männer wußte,
Aber wie kein anderer kannte er mein ganzes Herz;
Die Vögel beobachten und lauschen
Und warten jedes Jahr,
Aber all ihre Lieder sind traurig.

Otik, der gerade ein weiteres Faß versiegelte, spürte die Düsterkeit, die Tika in dem Lied hörte. »Das ist hübsch.« Er sah auf die abgenutzten und von der Zeit gedunkelten Fässer. »Als ich noch ein junger Bursche war, kannten wir auch solche Lieder.«

»So wie dieses?« Das Mädchen war entrüstet. Sicherlich hatte niemand zuvor ein derart tiefsinniges und bedeutungsvolles Lied geschrieben.

»Genauso gut oder noch besser.« Er grinste sie an. »Bei einigen kamen sogar auch Vögel vor.«

Draußen ertönte Vogelgesang, und Otik warf einen kurzen Blick durch ein Fenster nahe der Tür. »Aber ich würde nicht sagen, daß alle Lieder traurig waren. Wenn es nicht Herbst wäre, würde ich schwören, daß die Rauchschwalben sich paaren.«

»Du nimmst mich wieder auf den Arm.«

»Wenn du meinst.« Otik zog den Dampf der Bierwürze durch die Nase ein und umarmte sie schnell und herzlich. »Wundervoll, meine scharfsichtige, junge Dame, würdest du mir helfen, das Gebräu in kleinere Fässer zu füllen?«

Tika half ihm. Es war ein angenehmer, sonniger Nachmittag; später kam es beiden so vor, als hätten sie sich nie so sehr wie Vater und Tochter gefühlt.

Der nächste Vollmond leuchtete durch die dichten Zweige. Er war riesengroß und gerade aufgegangen, als Otik die ersten neuen Fässer aus dem Lager schob. Es war kurz nach Sonnenuntergang, und Otik benahm sich wie ein Bräutigam.

Einige Wirte hielten das erste Faß zurück und öffneten es erst nach der zweiten oder dritten Runde. Otik verabscheute diese Angewohnheit: Welch bessere Möglichkeit gab es, den vollen Geschmack eines Bieres zu genießen, als nur davon einen ganzen Abend zu trinken? Obwohl er sich des Risikos bewußt war. Einige Wirtshäuser hatten Jahre gebraucht, ihren Ruf wiederherzustellen, wenn das neugebraute Bier schlecht war; selbst Fremde, die wenig tranken, vermieden es, dort zu übernachten, da Dienstleistungen und Bett als genauso erbärmlich wie die Getränke galten. Aber ein gutes Haus gab sein Bestes, und Otik hatte es immer geschafft, seine neuen Fässer so zu öffnen, daß er nach Sonnenuntergang den ersten Krug servieren konnte.

Ein schlanker Mann in den Zwanzigern, ein Hausierer, nach seiner Tasche zu urteilen, stand im Türeingang und klopfte den Straßenstaub von seinen Kleidern. Otik lobte ihn insgeheim dafür, aber er distanzierte sich gleich wieder von seiner Anerkennung, als der Händler zuvorkommend einem Ritter den Staub abklopfte – und dabei gelassen eine Geldbörse an sich nahm.

Otik hustete laut. Der Mann in der Tür schaute erschreckt auf, zuckte die Schultern und legte die Geldbörse zurück. Der Ritter klopfte ihm auf die Schulter und zog ihn ins Wirtshaus. »Ich danke Euch, Sir. Nun, wenn Ihr im hohen Alter seid, könnt Ihr Euren neugierigen Kindern erzählen, daß Ihr einst die Rüstung von Tumber, dem Gewaltigen, gesäubert habt.«

Der Händler strich über seine Schulter und gab höflich zurück: »Wenn ich im hohen Alter bin, werde ich sicherlich häufig von Euch sprechen.« Der Ritter nickte zufrieden und nahm Platz. Der Händler wandte sich an Otik: »Ich säuberte einen Fleck unter seiner Geldbörse und versäumte, sie zurückzulegen. Ich danke Euch, daß – hmmm – Ihr mich erinnert habt.«

»Es war mir eine Freude, Sir.« Und Otik fügte mit Betonung hinzu: »Ich mache meine Gäste gerne auf Gedankenlosigkeiten aufmerksam.«

»Oh, ich glaube nicht, daß ich jemals wieder so geistesabwesend bin.« Er schaute sich wachsam um. »Sagt mir, Herr Wirt…«

»Otik.« Wie immer streckte Otik dem anderen die Hand entgegen.

»Und ich bin Reger, Reger, der Händler, genannt – meistens.« Er ließ Otiks Hand los, sah überrascht auf seine eigene und gab Otik seinen Ring zurück. »Man stelle sich das vor. Schon wieder bin ich vergeßlich. Und du hast mich beobachtet…« Er lächelte Otik einschmeichelnd an.

Otik lachte. »Prima geschafft. Ich verstehe, was du meinst, Reger. Anstatt dich zu beobachten, bitte ich dich heute abend um deine Mitarbeit.«

»Die hast du.« Zum ersten Mal sah der andere müde aus. »Ich habe eine lange und anstrengende Reise hinter mir. Ein gutes Essen und ein gutes Bier, das ist alles, was ich will.«

»Das Essen bringe ich dir sofort. Was das Bier betrifft…« Otik zuckte nervös mit den Schultern. »Also, ich denke, es wird dir schmecken.«

»Bestimmt.« Reger verbeugte sich höflich, dann beugte er sich vor. »Ich kann mir vorstellen, daß du die Leute hier gut kennst. Sag mir doch: Hat ein Ortsansässiger sich in diesem Herbst über schlechte Küchenartikel beklagt, kleine Maschinen, die nicht so funktionieren, wie sie eigentlich sollen, oder die kaputt sind oder bei denen man sich die Fingerknöchel aufschürft?«

Otik schüttelte verwirrt den Kopf. »Nicht daß ich wüßte.«

Reger richtete sich wieder auf. »In diesem Fall«, setzte er zuversichtlich fort, »kennst du vielleicht gute Männer oder Frauen, vielleicht geht es dir selbst so oder deinem Koch, die, geplagt von den Mühen des Zubereitens von Mahlzeiten, sich wünschen, ihre Arbeiten – das Schälen und das Schneiden – zu vereinfachen und erleichtern, und all das mit der erstaunlichen, gerade erfundenen, absolut zeitsparenden...« Er wühlte in seiner Tasche.

Otik entgegnete frei heraus: »Ich habe eine arbeitssparende Einrichtung. Sie wird Koch genannt. Der Koch hat ein Gerät zum Schälen und zum Schneiden. Es wird Messer genannt und ist sehr scharf. Der Koch ist schlechtgelaunt und hat ein gutes Gedächtnis. Ich rate dir ab, hier etwas zu verkaufen, Sir.«

»Gut.« Reger zog seine Finger aus der Tasche und trommelte mit ihnen auf der Theke. »Vielleicht werde ich mich heute abend einfach nur ausruhen. Ich könnte Ruhe gebrauchen.«

Otik seufzte: »Das könnten wir auch, Sir.«

Tika, die in ihrer Schüchternheit mit gesenktem Kopf vorbeiging, stolperte plötzlich. Regers linker Arm streckte sich blitzschnell und bekam das Tablett zu fassen. Mühelos brachte er es ins Gleichgewicht. Mit seiner rechten Hand ergriff er ihren Ellbogen. »Ist mit dir alles in Ordnung?«

Tika errötete. »Mir geht es gut. Ich muß mit meinem Fuß...« Sie sah bestürzt auf ihr Kleid. »Ich bin darauf getreten. Es ist schmutzig. Ich sehe furchtbar aus.«

»Du siehst entzückend aus.« Er nahm ihr das Tablett ganz ab. »Fast zu schön, um mit so einem schrecklichen Fleck herumzulaufen, wie ein Klecks auf einem Gemälde.«

Als er sie anlächelte, wurde sie rot. »Ihr nehmt mich auf den Arm.«

Er zwinkerte ihr zu. »Natürlich. Und ich glaube, es gelingt mir gut. Geh ruhig und säubere dich; ich kümmere mich um das Tablett.«

Tika sah fragend zu Otik hinüber, der als Antwort nickte. Sie machte einen Knicks und hob den Rock an, um den Schmutzfleck zu verbergen. »Danke.« Sie verschwand.

Otik sagte: »Ich nehme das Tablett.«

Reger schüttelte den Kopf. Eine Haarlocke fiel unter seiner Kapuze hervor, und plötzlich wirkte er jung und störrisch. »Ich habe es ihr aber versprochen. Ich halte lieber mein Wort.« Er sah ihr nach und lächelte wieder. »Süßes kleines Ding. Zu Hause habe ich eine Schwester im gleichen Alter.«

Otik erwärmte sich für Reger. »Bring die Kartoffelschüsseln zum Tisch am anderen Ende. Vier Teller, vier Löffel pro Tisch, aber nicht auf dem Gemeinschaftstisch. Wenn du fertig bist, serviere ich dir dein Essen. Und vielen Dank!«

»Nun, es ist mir ein Vergnügen.« Reger, der schon wieder aalglatt war, hob das Tablett auf seine Schulter und glitt summend zwischen den Tischen hindurch. Otik beobachtete ihn dabei.

Am ersten Tisch stürzten sich zwei Männer auf die Kartoffelschüssel. Nach ihrer Kleidung und dem leicht dümmlichen Blick zu urteilen, schienen sie Viehtreiber zu sein, denn solche Männer bekommen im Laufe der Zeit solch einen Blick. Tumber, der Gewaltige, schilderte ihnen einen Kampf und fuchtelte dabei mit einem Löffel herum.

»Und, meine Herren, stellt es euch vor, wenn ihr wollt: ein Magier und zwei Männer, hochgewachsen und durchdrungen mit dem Bösen, bauen sich vor mir auf mit glühenden Blicken, und ich, gerade aus einem Fluß gestiegen, ohne Rüstung und unbekleidet. Stellt euch den Magier vor, mit finsterem Blick, wie er sich darauf vorbereitet, seinen Todesblitz zu werfen, und stellt euch mich vor, meine Herren.« Er richtete sich auf. Selbst in der Rüstung wurde sein Bauch sichtbar. »Stellt euch mich nackt vor.«

»Bitte«, murmelte ein glatzköpfiger Viehtreiber, »ich esse gerade.« Der andere prustete und bedeckte hastig seinen Mund und seine Nase. Tumber, der Gewaltige, achtete nicht darauf.

»Was kann ein Mann unternehmen?« Er sah sich um, als ob er eine Antwort erwarten würde, anscheinend von den Dekkenlampen. »Ah, aber was würde ein Held unternehmen?« Er schlug auf den Tisch, daß die Kartoffelschüssel hochsprang. »Ich tauchte.« Er duckte sich nach vorne, und beide Viehtreiber beugten sich zurück. »Ich rollte mich.« Er schwang sich zur Seite und verfehlte Reger nur knapp, der gewandt zur Seite trat. »Ich ergriff mein Schwert, genau dieses Schwert an meiner Taille, und mit bloßen Händen und mit einer Klinge, die nicht verzaubert ist, parierte ich den magischen Blitz und schleuderte ihn zurück zu ihm.« Tumber verschränkte triumphierend seine Arme über der Brust. »Natürlich starb er. Ich taufte mein Schwert zu Ehren dieses Tages Todesblitz.«

Sein Triumph verwandelte sich in Verdruß, als die Viehtreiber nicht applaudierten, sondern ihn spöttisch anschauten, während sie im Gleichklang schmatzten. Er sah sich nach anderen Zuhörern um und bemerkte eine ortsansässige Frau mit auffälliger Haarfarbe und kräftigen Armen, die ihn mit offenem Mund anstarrte. Sie fragte: »Wo war das?«

»Ah. In der Tat, wo war das.« Er wirbelte zu ihrem Tisch herum und setzte sich. »Ein Land, so weit von hier entfernt, so seltsam für dich, daß, wenn ich darüber spräche...«

»Sprich darüber«, unterbrach sie begierig. »Ich liebe Geschichten über seltsame Orte, über Helden und Schlachten und

Magie. Ich könnte den ganzen Tag zuhören, wenn ich nicht meine Arbeit zu tun hätte.« Sie erhob unbeholfen eine Hand, die vom vielen Schrubben rauh war. »Ich bin Elga, genannt Elga, die Wäscherin«, stellte sie sich leise vor.

Er nickte höflich über die Hand hinweg. »Und ich bin Tumber.« Er machte eine Kunstpause. »Genannt Tumber, der Gewaltige.« Er hinterließ den gewünschten Eindruck und lächelte sie an. »Wenn du mit mir speisen möchtest, erzähle ich dir Geschichten über Schlachten und Ruhm, Magie und Monster, Reisen und Schiffbrüche, alles, was ich mit meinen eigenen Augen gesehen habe.« Das entsprach fast der Wirklichkeit. Tumber konnte lesen, und er hatte die besten Geschichten gelesen und auswendig gelernt.

Elga scherte es nicht, ob er ein echter Held war oder nicht. »Erzähl mir alles. Ich will alles hören. Ich wünschte, ich könnte alles sehen«, fügte sie ohne Bitterkeit hinzu. Ihre Augen strahlten heller als die Lichter in ihrem kastanienbraunen Haar.

Während Tumber erzählte, bewegte sich eine schlanke Frau in den Vierzigern anmutig zur Theke. Sie trug ein Tuch auf ihrem Kopf, und an ihrer Hüfte hing ein kleiner Beutel. »Bin ich zu spät für ein Essen?« Ihre Stimme klang klar und gebildet.

Otik, der sie nach der Schlichtheit und dem Reisestaub ihrer Kleidung beurteilt hatte, antwortete hastig: »Nein, meine Dame. Es gibt Kartoffeln und Wildfleisch und Apfelwein und…«

»Es riecht köstlich.« Sie lächelte. »Und nenn mich Hillae, so heiße ich.«

Tika starrte ehrfürchtig auf das Haar der Frau. Es floß fast bis zu ihrer Taille hinunter und war tiefschwarz mit einer einzigen grauen Strähne an einer Seite. Tika sagte: »In den Vollmondnächten bedienen die Wirtshäuser noch sehr spät. Die Leute reisen länger. Ich dachte, du wüßtest das vom Reisen.«

Hillae lachte. »Ich sehe also aus, als ob ich viel unterwegs sei. Nein, werde nicht rot: Ich *wandere* seit vielen Jahren, aber Sitten und Bräuche sind überall verschieden.« Tika nickte und trat zurück. Die Frau wandte sich wieder an Otik. »Ich würde sehr gern etwas essen.«

»Gewiß.« Otik zögerte, warf den Viehtreibern und einem gerade eintretenden Fremden mit einer Augenklappe einen flüchtigen Blick zu. »Wenn du möchtest, kann ich dir dein Abendessen in einem Privatzimmer servieren, Hillae.«

Sie schüttelte den Kopf. »Mach dir keine Umstände.« Sie sah Otik direkt in die Augen und sagte offen heraus: »Ich habe schon mehr Mahlzeiten allein eingenommen, als mir lieb ist.«

Otik lächelte jetzt zurück. Auf einmal war sie ihm ebenbürtig geworden. »Ich verstehe, was du meinst, meine Dame. Ich werde dir einen Platz in einer hellen Ecke aussuchen: Es wird dir nicht an Gesellschaft mangeln.«

»Danke.« Hillae sah wieder zu Tika hinüber, die schüchtern den Fremden mit der Augenklappe betrachtete. Er zwinkerte dem Mädchen zu, und sie schaute weg. »Das Barmädchen ist hübsch. Deine Tochter?«

»Pflegetochter.« Plötzlich fügte Otik hinzu: »Wenn du viel über junge Frauen und Liebe weißt, meine Dame, könntest du dich vielleicht mit ihr unterhalten. Wenn es dich nicht stört, meine ich. Seit einigen Monaten hat sie jede Woche ein gebrochenes Herz. Ich weiß nicht, was ich ihr sagen soll, und vielleicht könntest du...« Er breitete hilflos seine Hände aus.

»Sie wird auch ohne meine Hilfe schnell genug über gebrochene Herzen erfahren. In diesem Alter werden sie schnell erwachsen.« Sie tätschelte Otiks Hand, obwohl Otik viel älter war als sie. »Aber schick sie zu mir, wenn sie frei ist. Ich mag Geselligkeit, wie du gehört hast.« Hillae glitt fort, und Otik war froh, sie gefragt zu haben, auch wenn er sich töricht vorkam.

Jetzt kamen immer mehr Ortsansässige, um hier den Abend nach dem häuslichen Essen gemütlich plaudernd zu verbringen. Zuerst kamen der rothaarige, schlaksige Patrick und seine Eltern. Otik nickte ihnen zu. »Frankel. Sarah. Es tut mir leid, Patrick, heute abend tritt kein Sänger auf.«

»Bist du dir sicher?« krächzte er. Der Junge befand sich im Stimmbruch, und seine Stimme hatte sich noch nicht eingespielt.

Patricks Mutter beugte sich vor. »Die ganze Zeit spricht er von den Sängern, die er hier gehört hat. Er liebt Musik so sehr.«

»Aber nur aus der Ferne«, ergänzte Frankel und kicherte, während er Patricks Haar verwuschelte. »Bringt ja selber keinen Ton heraus.«

Patrick duckte sich und seufzte, und die drei gingen weiter und nahmen Platz. Auf ihrem Weg kam der junge Mann an Loriel vorbei, die gerade eingetroffen war und ihm ihr Haar entgegenwarf, als sie herumwirbelte.

Eine Stimme an Otiks Ellbogen knatterte los: »Musik und Flirten. Das ganze junge Volk ist nur noch an Musik und Flirten interessiert. Es ist nicht mehr wie in den alten Zeiten.«

Otik nickte respektvoll Kugel, dem Ältesten, zu. »Das glaube ich auch, Sir. Obwohl ich in meinen jungen Jahren selbst gern getanzt habe.«

Kugel schaute finster drein. »Ich meine, lange vor deiner Zeit, junger Spund. Damals, als das Leben noch einfach und würdevoll war. Da gab es noch nicht dieses Geschrei um Liebesaffären.«

»Sicherlich, Sir. Dort am Feuer wartet schon ein Platz auf dich. Brauchst du Hilfe?«

Kugels Frau trat hinter ihm hervor. »Ich bin die ganze Hilfe, die er je nötig gehabt hat – und die Göttinnen wissen, daß er sie ganz und gar nötig hat.«

Kugel fuchtelte ihr wütend mit einer Hand zu, ließ sich dennoch um einen breitgebauten Bauern herumführen. Der nahm respektvoll seinen Hut ab, setzte ihn aber gleich wieder auf und nahm auf einem Stuhl nicht weit von Elga und dem Ritter Platz. Otik widmete sich wieder seiner Arbeit.

Wenn auch einige Leute in der Mittagszeit zum Essen einkehrten, so zog das Wirtshaus viele erschöpfte Wanderer und Ortsansässige an normalen Tagen nicht vor der Abenddämmerung, aber auch noch lange nach Mondaufgang an. Wenige wollten das Tageslicht ungenutzt verstreichen lassen, und einige waren so verzweifelt, daß sie bis spät in die Nacht wanderten, um ihr Ziel zu erreichen. Zu den Speisen servierte Otik warmen Apfelwein und das alte Bier, warme Würzkartoffeln und nur auf Anfrage ein Wildbret, »das Winterherzen erwärmt«, wie er zu sagen pflegte. Draußen waren die Bäche bereits mit einer dünnen Eisschicht überzogen und die Bäume kahl. Am frühen Abend war von dem Wildbraten kaum noch etwas übrig. Otik konnte sich an kaum einen Abend erinnern, an dem das Wirtshaus so belebt und voll gewesen war.

Der Fremde mit der Augenklappe, der eher mitgenommen als gewalttätig aussah, trat an die Theke. »Bier.« Er sah auf die Krüge, dann mit mehr Respekt auf die polierten Humpen, die an Haken hinter der Theke hingen. »Humpen.«

»Einen Moment, Sir.« Otik machte eine Handbewegung zu Tika, die ihm den Faßhahn reichte. Er hielt ihn fest, schloß die Augen und bewegte stumm seine Lippen, dann hielt er ihn an der Seite an das Faß und trieb ihn mit einem sicheren Schlag durch das Spundloch.

Der Fremde warf bedeutungsvoll seine Münze hoch, aber Otik lächelte nur. »Steckt Eure Münze ein, Sir. Der erste frischgezapfte Krug eines neugebrauten Bieres ist immer mein Geschenk.«

»Herzlichen Dank.« Mit seinem gesunden Auge starrte der Fremde gierig auf den Schaum, der herausströmte, als Otik den Hahn öffnete. »Sieht wirklich gut aus.« Er lächelte Tika an, die sich hinter Otik schob.

Mit einem polierten Stäbchen wischte er den Schaum von dem Humpen. Sein Herz frohlockte, als er das satte, nußbraune Bier betrachtete. Der Beweis lag im Trinken – was Otik jedoch immer erst tat, wenn auch der letzte Gast das neue Bier probiert hatte – aber dieses Bier war satt, es fiel ins Auge, es sah so lieblich aus wie das polierte Holz im Wirtshaus. »Ihr habt recht, Sir. Sieht gut aus.« Er schnupperte daran und legte einen Arm um Tika. Er wurde von einer Woge der Zuneigung überwältigt. »Tika und ich haben es selbst gebraut, Sir. Wir möchten gerne Eure Meinung erfahren.«

Der Fremde nahm den Humpen hastig entgegen, dann versuchte er seine Eile auszugleichen, indem er das Bier wohlüberlegt betrachtete, daran roch, es zum Fensterglas hochhielt, als ob das Mondlicht ihm behilflich sein könnte, durch Zinn zu sehen. Schließlich hob er den Humpen hoch und neigte ihn, so daß er das Bier beim Trinken sehen konnte. Dann blieb er wie erstarrt stehen, sagte gar nichts, nur seine Kehle zitterte.

Otik erstarrte mit ihm. Oh, ihr Götter, würgte der Mann? Sollte dies etwa Otiks erstes schlechtgebrautes Bier sein?

Der einäugige Mann schlug seinen leeren Humpen auf die Theke. Schaum lag auf einem breiten glücklichen Lächeln. »Ich liebe es.«

Die anderen Gäste applaudierten. Otik hatte nicht einmal wahrgenommen, daß sie zugesehen hatten; er winkte ihnen zu und begann, einen Krug nach dem anderen, einen Humpen nach dem anderen zu zapfen. Bald ging er unter einer gesprächigen, dankbaren und fröhlichen Menge umher. Bei seinem ersten Gang stellte er Bier vor Tumber, dem Gewaltigen, und vor

Elga, der Wäscherin, ab, vor dem stämmigen Bauer (der Mort hieß) und vor Reger.

Der Händler war müde und verstaubt und sah sehnsüchtig auf sein Bier. Dennoch hielt sich Reger an sein Prinzip, vor dem Trinken erst alle anderen Stammgäste zu beäugen. Manchmal war einer seiner ehemaligen Kunden in der Nähe. Nachdem er einmal geistesabwesend einem Mann zugenickt hatte, den er eigentlich hätte kennen müssen, war er von einem Apfelpflücker von seinem Stuhl gestoßen worden, der eine Presse schwang, die er auch gut als Keule einsetzen konnte. Da Reger zuweilen mehr versprach, als seine Handelswaren halten konnten, war es für ihn günstiger, wenn er solche Leute bemerkte, bevor sie ihn bemerkten.

Doch alles, was er sah, waren die Bewohner von Solace, ein nettes, einfaches Völkchen. Er sah zu dem Bauern Mort, der in einer Ecke nahe der Tür sein Bier trank, zu dem hageren Patrick mit seinen Eltern am mittleren Tisch, schließlich anerkennend zu Elga, der kräftigen Frau mit dem kastanienbraunen Haar am Nebentisch. Er dachte kurz daran, zu ihr hinüberzugehen und sie vielleicht zu einem Bier einzuladen.

Andererseits sprach bereits Tumber, der Gewaltige, mit ihr, und es lag auf der Hand, daß sie seine Geschichten liebte, falls nicht sogar ihn. Zudem hatte es den Anschein, als ob sie einen Zorn in sich trüge, und obwohl er noch jung war, hatte Reger als Händler gelernt, auf solche Zeichen bei Leuten zu achten. Es schien kein günstiger Moment zu sein, sie zu unterbrechen.

Er zuckte mit den Achseln. Vielleicht später. Reger langte nach seinem Humpen...

Und wurde auf seinem Stuhl von einer Hand zurückgeschoben, die sich in sein Brustbein bohrte. Es war der stämmige Bauer, und er funkelte mit finsterem Blick zu ihm herab. »Nichts davon.«

»Wovon?« Er blinzelte den kräftigen Mann an, der noch seine Arbeitsstiefel trug. Nach seinen Muskeln zu urteilen, sah Mort, der Bauer, aus, als ob er seinen Lebensunterhalt mit dem Jonglieren von Kühen verdienen würde.

Der Landwirt ignorierte die Frage. »Was meinst du wohl, wer du bist?«

»Was glaubst du denn, wer ich bin?« fragte Reger vorsichtig.

»Sei nicht so neunmalklug! Das hasse ich so sehr, wie ich sie liebe. Hör auf, meine Frau auf diese Weise anzuglotzen.« Mort, der Bauer, schaute hinüber zu der Frau am Nachbartisch, zu Elga, der kräftigen Wäscherin, als wäre er hilflos einer unsichtbaren Macht ausgeliefert.

»Deine Frau?« Reger sah ebenfalls zu ihr hinüber. »Vor ein paar Minuten warst du nicht einmal bei ihr.«

»Also, ich liebe sie. Ich liebe sie mehr als alles andere, und du darfst sie nicht so ansehen.«

»Ich habe sie nicht angesehen.« Der Händler tastete nach dem kurzen Knüppel an seiner Taille. Einige Abende waren zu Schlägereien da, andere wiederum nicht; sicherlich nicht dieser Abend, sosehr Reger auch einen guten Kampf liebte. »Mein Freund, du liest lediglich deine eigene Zuneigung zu ihr in uns alle hinein. Du wirst doch wohl nicht denken, daß ich mich einmischen würde zwischen dir und einer Frau, die du seit – was hast du gesagt, wie lange du sie kennst?«

»Seit immer und ewig.« Mort, der Bauer, schüttelte verwundert den Kopf. »Ich kenne sie, seitdem ich ein kleiner Hüpfer war und mit Vaters Viehwagen fuhr und vor dem Laden ihrer Mutter anhielt, um dort meine Kleider waschen zu lassen. Sogar dieses Hemd ist von ihr gewaschen. Diese Hände haben den Schmutz und den Dung herausgewaschen...« Er befühlte den Stoff und sah aus, als ob er gleich sein Hemd küssen wollte.

»Nett von ihr. Seit wann liebst du sie?«

»Ich weiß es nicht. Jedenfalls schon eine Weile.« Er kratzte sich am Kopf. »Mir ist es gerade aufgefallen, als ich mein Bier getrunken habe, verstehst du. Daß ich sie liebe, meine ich.«

»Genau. Und du hast erst gerade herausgefunden, daß du sie liebst, obwohl du sie seit Ewigkeiten kennst – entschuldige mich – du scheinst ein scharfsichtiger Gentleman zu sein.« Reger zwinkerte ihm freundlich zu. »Vielleicht braucht man für sie einen besonderen Geschmack.«

»Willst du etwa sagen, daß sie häßlich ist?« Der Bauer machte eine Riesenfaust – das Ergebnis der Arbeit mit einem Handpflug – und fuchtelte mit ihr vor dem Gesicht des Händlers herum. »Das will ich jetzt nicht haben. Sie ist die Frau, die ich liebe, und sie ist die wunderschönste – die lieblichste...«

Also betrunken. Der Händler seufzte. »Sieh mal, erzähl mir doch einfach, was ich dir sagen soll, und ich sage es dann. Es gibt keinen Grund, wütend zu sein.« Er nahm einen kräftigen Schluck Bier; es hatte keinen Sinn zu warten, bis dieser Flegel es ihm verraten würde.

Bauer Mort schüttelte ihn an den Schultern. »Ignorier mich nicht einfach, und mach dich nicht über sie lustig. Möchtest du einen Kampf?«

Reger stellte seinen Humpen ab. Seine Augen glänzten auf einmal seltsam und hell. »Ich würde mich niemals über die schönste Frau auf der ganzen Welt lustig machen.«

Der Bauer blinzelte ihn argwöhnisch an. »Du hast gesagt, daß du sie nicht liebst.«

»Ich habe gelogen.« Dann fügte Reger aufrichtig hinzu: »Ich liebe sie auch, weißt du.« Er nahm einen weiteren Schluck.

»Jetzt reicht es aber!« Der Bauer schüttelte ihn wieder. »Das tust du mir nicht an.« Und er wiederholte: »Willst du einen Kampf?«

Reger stellte den leeren Humpen auf den Tisch und strahlte

Elga mit den kastanienbraunen Haaren an. In seinen Ohren summte es laut. »Ein Kampf?« Er lächelte glücklich und langte nach seinem Knüppel. »Ich *liebe* es zu kämpfen.«

Der erste Hieb traf den überraschten Bauer in den Magen. Reger wischte sich den Staub von den Händen, verbeugte sich vor allen und niemandem, stand dann da und glotzte Elga an, bis Mort, der Bauer, der sich aufgerappelt hatte, ihn am Kinn erwischte und rücklings über den Tisch schleuderte.

Otik sah ihren Tisch umkippen, aber er hatte keine Zeit, sich darum zu kümmern. Eine Schlägerei mußte er zuweilen in Kauf nehmen, aber etwas noch Merkwürdigeres war da im Gange. Es kam ihm vor, als ob der ganze Raum vor Unheil summen würde. Und jene, die nicht in eine Schlägerei verwickelt waren... nun, flirteten und poussierten.

Normalerweise stieß Otik bei seinen Runden ein Pärchen taktvoll an, das für das Empfinden seiner anderen Gäste vielleicht etwas zu liebevoll war. Das geschah nicht allzu häufig. Heute abend jedoch bewegte er sich fast im Laufschritt von einem Pärchen zum nächsten, und einige mußte er sogar auseinanderreißen. Alle schienen sich in die Winkel des Raumes zu drängen, die von dem unregelmäßigen Stamm des Vallenholzbaumes gebildet wurden. Was war mit diesen Leuten nur los?

Beim letzten Paar prallte er schockiert zurück. Kugel, der Älteste, den Armen seiner Gattin entrissen, funkelte ihn an und zischte durch Lücken, wo einst Zähne gewesen waren: »Laß uns in Ruhe, Bursche.«

Otik wich entsetzt zurück. Kugel war der älteste Bürger von Solace. Und die Tatsache, daß Kugel seine eigene Frau umarmte, schien es für Otik nur noch schlimmer zu machen. *Was war mit allen nur los?*

Er berührte Tikas Ellbogen. »Sei mit dem Bier großzügig. Vielleicht liegt es am Mond, oder etwas ist in der Luft, aber am

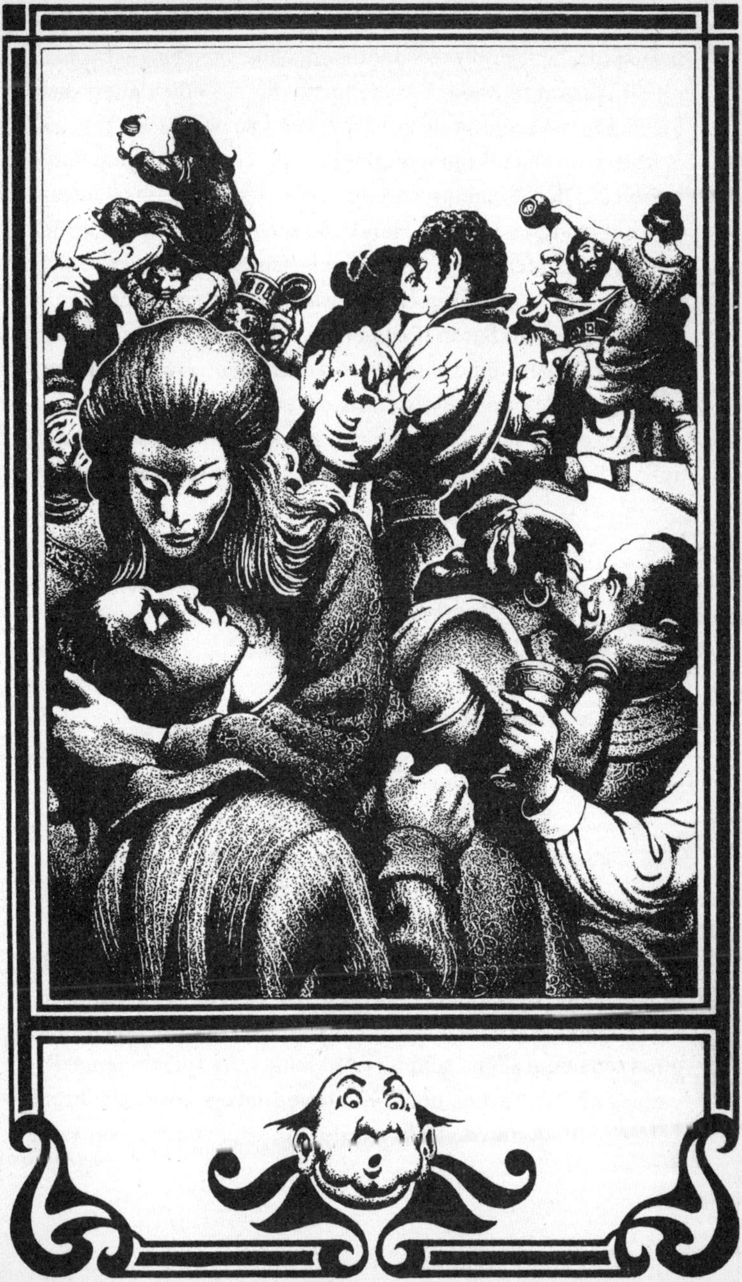

besten machen wir diesen Haufen so schnell wie möglich schläfrig.« Tika war über die Geschehnisse offensichtlich außer sich. Sie nickte nur und rannte zur Theke und zu den neuen Fässern.

Mitten im Schankraum hüpfte Patrick schwerfällig und unbeholfen auf den Gemeinschaftstisch. Er hielt einen überschwappenden Humpen in einer Hand und fuchtelte damit gefährlich über den Köpfen der Leute. Sie klatschten und duckten sich, raubten sich gegenseitig Küsse, während sie sich beinahe die Köpfe anstießen. Sarah hielt gerade solange in der Umarmung mit ihrem Mann inne, um sagen zu können: »Patrick, komm herunter; du könntest verletzt werden.«

Er beachtete seine Mutter nicht, sondern streckte seine Arme aus und sang leidenschaftlich, doch dafür um so falscher:

Niemand kann lieben…
Wie meine Liebe…
Weil ihre Liebe…
Alles ist, was ich liebe…

Er hustete und fügte hinzu:

Und in ihrer Liebe…
Finde ich meine Liebe…
Und außerdem ist ihre Liebe…
Genau das, was ich liebe…

Er sang noch zwanzig Zeilen weiter, und nach jeder Zeile nippte er an seinem Bier. Otik fand, daß der Junge für seine Bemühungen übertriebenen Applaus erhielt: offensichtlich fand dies Lied heute abend sehr viel Anklang. Loriel, Tikas junge Rivalin, gaffte zu Patrick hoch, als ob sie zum ersten Mal in ihrem Leben den Vollmond sehen würde. Ihr eigener Krug war leer.

Rian mit seinen sieben grauen Haaren war vorübergehend vergessen.

Schließlich schleuderte Patrick, zu aufgeregt, um weitersingen zu können, seine Arme hoch und schrie: »Liebe, Liebe, Leben«, und stürzte vom Tisch herunter. Otik vergewisserte sich, daß er weder verletzt noch tot war, dann lief er zu einem Ecktisch, wo zwei Viehtreiber, die sich unaufhörlich gegenseitige Treue schworen, einen Fremden würgten.

Die schwarzhaarige Hillae starrte nachdenklich in ihren halbleeren Krug. »Ich mache mir Gedanken über sie«, sagte Tika verträumt zu dem hektischen Otik, der jedoch nicht zuhörte. »Sie ist so wunderschön und vielleicht weise. Sie hat viele Orte gesehen. Viele Dinge getan. Sie hat bereits ein erfülltes Leben hinter sich. Und wer weiß, welche Geheimnisse sie mir offenbaren könnte, wenn wir nur Freunde wären.«

Tika ging nach vorne, um ihren Krug nachzufüllen, und Hillae nahm einen weiteren Schluck, setzte den Krug ab und sagte laut, aber eher zu sich: »Farin wäre jetzt dreiunddreißig Jahre alt. Die Götter haben ihn selig, ein Körper wie eine Eiche, und trotzdem fiel er dem Fieber zum Opfer.« Ihre Augen waren tränenfeucht. Tika zog sich zurück.

In der Zwischenzeit füllte Otik den Krug von Elga, der Wäscherin, nach, die völlig in Tumbers Geschichten versunken war. Der Ritter hatte schon große Mengen Bier zu sich genommen und schien fast in sich selbst verliebt zu sein; mit jedem zweiten Atemzug gab er seine Fähigkeiten in der Liebe und im Kampf zum besten, und seine Abenteuer wurden immer unerhörter. Anscheinend fiel es ihr nicht auf, genausowenig wie ihr die schwankenden Aufmerksamkeiten von Reger und Bauer Mort auffielen, wann immer sie plötzlich auftauchten, um Elga ihre Liebe kundzutun, bevor sie sich wieder gegenseitig zu Boden schlugen.

Elga starrte den Ritter an. Ihre Hand umfaßte ihren Ellenbogen. Nachdem ihr Krug wieder gefüllt war, kippte sie das Bier hinunter und warf den leeren Krug plötzlich an Tumbers Stirn. Er schien es nicht zu bemerken, sondern setzte seine Schilderung seiner unwahrscheinlichen Heldentaten in Liebe und Kampf fort. In seine neueste Geschichte waren eine gegnerische Armee, zwei Amazonen, eine Seeschlange und eine Laute verwickelt.

Elga stellte sich aufrecht hin, warf ihren Kopf zurück und schrie: »Götter und Göttinnen, Männer und Frauen, ich habe die Nase voll von Waschen, Kochen, Kindern und Bäumen!«

Jemand schrie Beifall, und sie schlug ihre Faust auf den Tisch. »Zeig mir Stahl. Zeig mir eine Rüstung. Zeig mir eine Schlacht, und etwas, um das sich zu kämpfen lohnt, und stelle sich niemand zwischen mich und diese Dinge. Ich liebe das Abenteuer. Ich giere nach Ruhm. Ich sehne mich…«

»Und das sollst du bekommen«, nuschelte Tumber. »Das alles und noch mehr, dank meiner großartigen Person. Komm, Königin meiner Schlachten, und huldige meiner Größe. Entzücke dich daran, meine Abenteuer zu beobachten. Frohlocke über meine Begabungen, meine Fähigkeit, meine…«

»Mein Gott.« Die Köpfe flogen herum; Elga hatte keine leise Stimme. »*Deine* Schlachten? *Deine* Größe? *Deine* Abenteuer?« Tumber krümmte sich fast. »Nichts will ich davon. *Meine* Schlachten, *meine* Eroberungen, *meine* Kriege. Gib mir das!«

Er gaffte sie an. Sie stieß ihn zurück und schlug mit ihrer linken Faust gegen seinen ungeschützten Kiefer. Als er ausgestreckt dalag, bekam sie auch noch sein Schwert zu fassen. Sie fuchtelte damit über ihrem Kopf herum. »Jetzt soll die ganze Welt Elga, die Wäscherin, vergessen und sich vor Elga, der Kriegerin, hüten. Ich verlasse Solace, um den Kampf zu suchen, das Abenteuer, und um nach dem Ruhm zu trachten, den ich so liebe!«

»Du kannst dazu aber nicht mein Schwert nehmen«, murmelte Tumber am Boden. »Es ist meine Ehre. Es ist mein einziger Kampfgefährte – bevor du gekommen bist, natürlich. Es ist mein *Lebensunterhalt.*« Er zitterte. »Es ist geborgt«, beendete er jämmerlich den Satz, während er sich erhob.

»Geborgt?« Sie wiegte es in ihrer Hand, ließ es mit einer Hand geschmeidig kreisen und zeigte dann mit der Spitze auf ihn.

Er streckte seine Arme hoch. »Nun, ja. Von einem Ritter in einer finanziellen Notlage. Aber ich habe es wirklich ein wenig benutzt.« Verzweifelt fügte er hinzu: »Komm mit mir, mein Schatz, und wir werden gemeinsam nach Ruhm trachten. Wirklich, du darfst es auch manchmal benutzen, wenn du es mir nur zurückgibst…«

Sie zog das Schwert zurück, als er danach langte. »Geborgt, nicht wahr? Jetzt ist es doppelt geborgt.« Dann schrie sie mit einer Stimme, die selbst die Humpen erbeben ließ: »Auf, auf, um Reichtum und Ruhm zu erlangen!« Einige Liebende jubelten ihr zwischen ihren Küssen zu. Otik machte sich daran, ihr den Ausgang zu versperren, aber Elga schwang im Türeingang bedrohlich das gestohlene Schwert. Otik duckte sich – und fort war sie.

Tumber, der Gewaltige, warf Otik einige Münzen zu, während er an ihm vorbeihastete. »Für ihre und meine Getränke. Ich weiß wirklich nicht, was in sie gefahren ist. Eigentlich ein wunderbares Mädchen; sie liebte meine Geschichten fast so sehr wie ich. Warte, mein Schatz!« rief er hinter ihr her und eilte die Stufen hinunter. Otik stieß er dabei grob zur Seite.

Der prallte fast gegen einen erhobenen Arm; ein Bauer und seine Frau im mittleren Alter fuchtelten sich mit geschlossenen

Augen mit den Armen vor den Gesichtern herum. »Hast du sie aus reiner Wollust angeguckt oder nicht, du großer, schlotterwangiger Narr?« fragte die Frau.

»Das würde jeder«, antwortete der Mann, laut genug, um noch mehrere Räume weiter gehört zu werden. »Besonders, wenn man mit einer erbärmlichen Masse von Meckereien und Grübchen, wie du es bist, verheiratet ist, du Kuh. Und ausgerechnet du plusterst dich jetzt auf – dabei hast du doch diesem dürren, kleinen, verschlagen aussehenden Wanderer dort drüben Augen gemacht.« Er wandte sich um, zeigte auf Reger und fuchtelte ihm zu, obwohl er von dem eigentlich nur einen gelegentlich auftauchenden, herumschwingenden Arm oder eine Faust sehen konnte. »Dort drüben, irgendwo, du Flittchen.«

»Schwein.« Sie packten sich gegenseitig an der Kehle und verschwanden unter dem Tisch.

Tika hatte eine Hand vor den Mund geschlagen und beobachtete fassungslos das Treiben. Grunzlaute und schweres Atmen kamen unter dem Tisch hervor. Während Otik zur nächsten Krise trabte, fragte er sich, ob die beiden immer noch kämpften oder...?

Tika stürzte an ihm vorbei und verschüttete fast das Bier aus einem Henkelkrug. Otik faßte sie beim Vorbeigehen am Arm: »Hast du ihnen das Starkbier gegeben?«

Zuerst dachte er, er hätte sie zu hart angepackt, dann wurde ihm klar, daß aus Panik Tränen in ihren Augen schwammen. »Habe ich. So stark wie möglich, direkt aus den neuen Fässern. Aber sie werden alle schlimmer, nicht besser. Sie werden nicht einmal müde.«

»Unmöglich.« Otik roch an dem Bier. Tika auch. »Aber was ist dann nur los?« fragte Otik.

Nur vom Riechen waren Tikas Augen unruhig geworden. Otik wußte die Antwort, sobald er die Frage gestellt hatte.

»Mondkerz!« Otik fiel ein, daß er mit ihm über Magie gesprochen hatte, und er erinnerte sich, den Kender allein bei der Bierwürze gelassen zu haben. »Der leere Beutel, den er fallen gelassen hatte.« Ein Liebeszauber! »Wenn sich dieser verdammte, diebische Schwindler noch einmal blicken läßt...«

Gerade rechtzeitig sah er, daß der Mann mit der Augenklappe seinen Humpen hob und Tika direkt anstarrte. Sie erwiderte seinen Blick. Otik zuckte zusammen, schob sie hastig hinter die Theke und stellte an ihrer Stelle ein Faß auf. Der Mann leckte seine Lippen und trat mit dem Humpen in der Hand nach vorn. Das Faß nach vorne zu stellen, schien ein kluges Täuschungsmanöver zu sein, aber es öffnete unvorhergesehen Tür und Tor. Trotz Otiks Einwand: »Es tut mir leid, mit dem Bier stimmt wohl etwas nicht«, schob der Fremde methodisch ein Faß nach dem anderen heraus. Die anderen Gäste jubelten und sahen kurz von ihren Liebesspielen und Kämpfen auf. Und das Bier floß weiter.

Danach geriet alles in Verwirrung. Die Viehtreiber hatten mehrere kleine Schlägereien angefangen, zuweilen schweiften sie ab und verloren zwischen ihren Trinkrunden das Interesse, dann umarmten sie sich wieder leidenschaftlich, bevor sie ihre Schlägereien fortsetzten. Patrick und Loriel tanzten mitten im Raum. Patricks Eltern küßten sich am Baumstamm. Hillae war irgendwohin verschwunden, und Reger ritt auf Bauer Mort im Kreis durch den Raum. Ihre Schlachtrufe und Schreie waren nicht mehr zu unterscheiden von dem, was hier und dort und im Schatten vor sich ging.

Tika fragte: »Kann Bier das alles bewirken?« Sie betrachtete interessiert den Krug auf ihrem Tablett. »Otik, was ist, wenn ich...«

»Nein.«

»Aber es sieht so sehr nach...«

»Nein. Es sieht nach zuviel aus, das ist es, was es bewirkt.« Otik zog sie von einer Reihe tanzender alter Männer und Frauen fort.

»Aber wenn Loriel kann…«

»Nein, nein und nochmals nein. Du bist nicht Loriel.« Otik traf eine Entscheidung. »Hier ist dein Umhang. Zieh ihn über. Und hier ist meiner; den nimmst du zum Schlafen. Geh, such dir einen Platz, und komm heute abend nicht mehr ins Wirtshaus zurück.«

»Aber du schaffst es nicht ohne mich.«

Otik zeigte in den Raum, der nun voller Hektik war. »Ich schaffe es nicht *mit* dir. Geh!«

»Aber wo soll ich schlafen?«

»Irgendwo. Draußen. An irgend einem sicheren Ort. Geh, Kind.« Er bahnte ihr den Weg zur Tür und zog sie an einer Hand mit sich.

Als sie in die Nacht trat, fragte sie mit verletzter Stimme: »Aber warum?«

Otik hielt jäh inne. »Also, darüber sprechen wir später. Geh jetzt, Kind. Es tut mir leid.«

Er versuchte, ihr einen Gutenachtkuß zu geben. Tika war wütend, duckte sich und lief weg. »Ich will mein eigenes Zuhause!« schrie sie. Otik starrte ihr nach, dann schloß er die Tür und versuchte, zurück zum Feuer zu gelangen.

Drängend und schiebend erreichte er die Theke. Die Tänzer und Schläger hatten sich zwar in kleinere, aber dafür um so ausgelassenere Gruppen gespalten, die sich gegenseitig anschrien und zusangen. Otik war nicht einmal in der Lage, das Feuer zu schüren. Hilflos beobachtete er, wie die Körper zu ringenden Silhouetten wurden, die Silhouetten zu paarweisen Schatten, die Schatten zu einer geräuschvollen Dunkelheit. In dieser Nacht war das Wirtshaus von frohen und zornigen Stimmen erfüllt, aber alles, was er sehen konnte, von einer einzigen Kerze erleuchtet, die nahe am Spiegel stand, war sein eigenes Gesicht, einsam und allein.

Am nächsten Morgen trat Otik benommen über zerbrochene Krüge und ineinander verschlungene Leiber. Die meisten Bänke lagen auf der Seite, eine war ganz umgedreht. Es sieht aus wie auf einem Schlachtfeld, dachte er, aber um nichts in der Welt hätte er sagen können, wer als Sieger hervorgegangen war. Da lagen Körper über Körper, und Kleidungsstücke hingen wie Banner über Stühlen, und ausgestreckte Arme und eigensinnige Beine ragten unter den wenigen, nicht umgestürzten Möbelstücken hervor. Überall lagen Humpen herum, und überall schepperten und klirrten Porzellanscherben auf dem Boden, wenn die Menschen aufschnarchten oder stöhnten.

Das Feuer war beinahe erloschen. Nicht einmal in den schlimmsten Nächten während des Mageren Winters war das der Fall gewesen. Otik legte Holz auf die glühende Asche, blies sie zu Flammen auf, fügte Späne hinzu und legte darüber die Beine eines zerbrochenen Stuhls.

Er bewegte die Bratpfanne so vorsichtig wie möglich, aber die Eier zischten unvermeidlich im Fett. Jemand wimmerte. Otik nahm taktvoll die Pfanne vom Feuer.

Statt dessen ging er auf Zehenspitzen umher, sammelte zerbeulte Humpen, Porzellanscherben und einige wenige Messer und Dolche auf. Ein hagerer, junger Fremder packte ihn am Knöchel und bat um Wasser. Als Otik zurückkehrte, war der Mann wieder eingeschlafen, sein Arm lag beschützend um die schwarzhaarige Hillac. Aber diese Geste ließ ihn eher noch jünger denn als Beschützer wirken. Sie lächelte im Schlaf und strich über sein Haar.

Dröhnende Schritte wurden auf der Treppe laut; jemand

stampfte die Stufen herauf. Otik hörte wieder Gewimmer. Die Vordertür schlug gegen die Wand, und Tika, das Haar spröde zurückgekämmt, trat ein und sah mißbilligend auf die Scherben und die verdrehten Körper. »Sollen wir saubermachen?« fragte sie laut. Zu laut.

Otik zuckte zusammen, als sich die Schlafenden in ihrer Nähe krümmten. »Später. Würdest du bitte Wasser holen? Leider brauchen wir mehr, als in der Zisterne ist.«

»Wenn du es wirklich brauchst.« Sie schlug die Tür hinter sich zu. Ihre polternden Schritte auf der Treppe ließen den Boden erzittern.

»Können wir sie nicht umbringen?« stöhnte Reger, der Händler. Seinen rechten Arm hatte er sich auf die Ohren gelegt, und sein Kopf ruhte auf der Brust des schlafenden Bauern. Einige schwache Stimmen krächzten zustimmend.

»Wenn du das auch nur noch einmal denken solltest«, erwiderte Otik ruhig, »werde ich zwei Töpfe zusammenschlagen.«

Danach war es still.

Allmählich entwirrten sich die Leiber. Einige der Anwesenden erhoben sich benommen. Hillae trat mit Würde zur Theke und legte ein paar Münzen hin. »Danke«, sagte sie gelassen. »So habe ich mir den Abend zwar nicht vorgestellt, er war aber recht interessant, fand ich.«

»Ich habe mir den Abend auch nicht so vorgestellt«, stimmte Otik zu. »Geht es dir denn trotzdem gut?«

»Müde.« Sie strich ihr Haar über die Schultern zurück. »Es wird Zeit, daß ich nach Hause gehe. Ich habe einen Vogel, weißt du, und er muß gefüttert werden.«

»Oh, ein Vogel im Käfig also.« Otik wurde bewußt, daß er auch nicht gerade auf Draht war. »Ein Singvogel?«

»Ein Liebesvogel. Sein Gefährte ist tot. Weißt du, ich sollte ihn wirklich endlich in Freiheit setzen.« Sie lächelte plötzlich.

»Guten Tag.« Sie beugte sich leise nach vorne, küßte ihren schlafenden Partner auf die Wange und ging lautlos und anmutig hinaus.

Tika hatte sich wieder zurückgekämpft. Die Eimer schlugen gegen den Türrahmen. Einige Stammgäste zuckten zusammen, aber sie funkelten Otik lediglich mit rotumränderten Augen an und hielten den Mund.

Er nahm ihr das Wasser ab. »Danke. Jetzt geh zu Michel, dem Töpfer, und sag ihm, daß ich fünfzig Krüge brauche.« Er gab ihr eine Handvoll Münzen. »Das ist meine Anzahlung für die Bestellung.«

Sie starrte auf das Geld. Otik ging heute so gleichgültig mit seinen Münzen um wie auch mit seinen Hilfskräften. »Sollte ich nicht lieber hierbleiben?« fragte sie laut. »Du brauchst jemanden, der den Boden fegt...« Um ihrer Rede Nachdruck zu verleihen, stampfte sie auf und ließ den Staub aufwirbeln.

»So kannst du mir am besten helfen«, erwiderte er leise. Sie sah verwirrt drein, nickte dann aber.

Ein Körper löste sich von einem Stuhl, auf dem er wie eine Puppe drapiert gewesen war. »Tika...«

»Loriel?« Tika konnte es nicht fassen. »Dein Haar sieht aus wie ein Vogelnest.« Sie fügte hinzu: »Meervogel. Ein bespritzter.«

»Wirklich?« Loriel hob eine Hand, ließ sie dann aber wieder fallen. »Egal. Tika, das Aufregendste ist passiert. Patrick hat mir gestern abend gesagt, daß er mich mag. Und das gleiche hat er heute morgen gesagt.«

»Patrick?« Tika schaute sich um. Ein Paar Stiefel ragten unter dem Gemeinschaftstisch hervor, Zehen spreizten sich. »Loriel, er hat heute morgen geredet?«

»Vor einer Weile. Dann schlief er wieder ein.« Ihre Augen glänzten. »Gestern abend hat er so wunderschön gesungen...«

»Ich erinnere mich«, unterbrach sie Tika entschieden. Sie konnte sich nicht vorstellen, daß jemand diesen Gesang bewundern konnte, und Loriel war doch auch musikalisch. »Komm mit mir, und erzähl mir davon.«

Sie liefen gemeinsam die Stufen hinunter.

Allmählich suchten die Gäste mühsam ihre Sachen zusammen – in einigen Fällen ihre Kleidungsstücke – und bezahlten ihre Rechnungen. Einige hatten lange damit zu tun, alles zu finden. Geldbörsen und Stiefel und Jacken waren überall im Raum verstreut, und Rucksäcke hingen an allen Nägeln und Haken – einer hing sogar an einem lockeren Nagel unter einem Deckenbalken. Eine Weile beobachtete Otik das Treiben, um Diebstähle zu verhindern. Schließlich gab er es auf.

Reger, der Händler, schlug eine fremde Münze, in der eine Schlange eingeprägt war, auf die Theke und sagte: »Das wird für meine Übernachtung reichen. Könnte ich von diesem Bier eine Marktlieferung haben? Bei diesem Wetter würde es sich gut auf der Straße...«

Otik biß auf die Münze und gab sie zurück, indem er sie mit einem dumpfen Klirren fallen ließ. »Unverkäuflich.«

»Oh. Ja gut...« Reger wühlte nach echtem Geld. »Wenn du deine Meinung änderst, komme ich zurück. Hier.« Nachdem er das Wechselgeld gezählt hatte, legte er noch eine Kupfermünze hin. »Und gib meinem Freund dort drüben Frühstück. Vielleicht geht es ihm nicht so gut.« Er zeigte auf Bauer Mort, der hinter seinem rechten Ohr eine riesige Beule hatte.

»Ich kümmere mich darum. Guten Tag, Sir.« Otik beobachtete zufrieden, wie sich Reger unbeschwert und schnell aufmachte. Instinktiv, als wäre ein Kender aufgebrochen, überprüfte er die Löffel. Einige fehlten.

Patrick erwachte gesund und munter, wie es für junge Leute üblich ist und verschwand singend – falsch wie bisher. Im Vorbeigehen fragte er nach Loriel. Kugel, der Älteste, und seine Frau gingen zankend und händchenhaltend auf Zehenspitzen. An der Tür drehten sie sich um und runzelten die Stirn über die anderen Paare.

Das Paar, das unter den Tischen gekämpft oder was auch immer getan hatte, verließ auf getrennten Wegen das Wirtshaus. Ein Mann, der Otik am Abend kaum aufgefallen war, bezahlte für ein Zimmer – »damit meine Freundin ausschlafen kann, wenn sie möchte.« Als Otik fragte, wann seine Freundin geweckt werden wollte, errötete er und erwiderte: »Oh, weck sie nicht. Erst wenn der Tag halb um ist. Eigentlich noch später.« Otik bemerkte mit dem geübten Blick eines Wirts die kreisförmige Furche am Ringfinger des Mannes.

Die anderen setzten sich hin, schauten sich verlegen um und vergewisserten sich, daß mit ihren Köpfen und Zungen noch alles stimmte. Otik trat in die Mitte des Schankraumes und fragte schüchtern: »Wenn die Gesellschaft meint, für das Frühstück bereit zu sein…« – er sah durch das Fensterglas auf die hochstehende Sonne – »…beziehungsweise für ein frühes Mittagessen…« Er nickte auf das zustimmende Gemurmel hin und stellte die Pfanne mit den Eiern wieder auf das Feuer. An der Küchentür rief er – aber nicht zu laut – Riga, der Köchin, zu, sie solle sich um die Kartoffeln kümmern.

Bis zum Mittag hatte er den nächtlichen Schaden und seinen Gewinn eingeschätzt. Auch wenn er die Humpen zurechthämmern lassen und die Krüge ersetzen mußte, hatte er immer noch den höchsten Gewinn erzielt, den er je in einer Nacht erreicht hatte, und noch nicht einmal die Hälfte der Übernachtungen war bezahlt worden. Er hob den Haufen von Münzen auf. Es waren zwei Handvoll, und sie glänzten im Licht, das durch eine zerbrochene Fensterscheibe fiel.

Als der Mann mit der Augenklappe krächzte, daß er einen

Abschiedskrug »als Schutz gegen den Straßenstaub« haben wollte, legte Otik trotzdem seine Hände auf das letzte Faß und erklärte entschieden: »Nein, Sir. Dieses Starkbier werde ich nicht mehr ausschenken.« Er fügte hinzu: »Du kannst einen Krug mit dem normalen Bier haben.«

Der Mann knurrte. »In Ordnung. Ich will dich zwar nicht tadeln, aber es ist eine Schande und ein Verbrechen, wenn du beabsichtigst, dieses Bier zu verwässern. Wie kannst du Bier verdünnen, ohne den Geschmack zu ruinieren?«

Er leerte den Krug und taumelte nach draußen. Otik wunderte sich, daß solch ein erfahrener Trinker nicht einmal das Geheimnis des Bierverdünnens kannte. Denn natürlich verdünnt man Bier mit Bier.

Er schaute hinüber auf das letzte Faß mit dem einzigen verzauberten Bier, das er jemals gebraut hatte. Mit dem Willen der Götter sollte es das einzige sein, das er je brauen würde.

Er nahm die nötigen Geräte in eine Hand und den Henkelkrug in die andere; den Trichter befestigte er am Griff über seinem Gürtel. Er machte ein Faß nach dem anderen auf, zapfte eine Halbe ab, um Platz zu schaffen, und goß eine Halbe des neuen Bieres hinein. Seine Arbeit nahm fast den ganzen Morgen in Anspruch, und er verbrauchte fast das ganze letzte Faß mit neuem Bier.

Als er schließlich am Mittag fertig war, enthielt jedes Faß den vierzig- oder fünfzigfachen Teil Bier auf einen Teil Liebestrank, und er hatte noch einen Viertelliter von dem neuen Bier übrig. Er kam ins Schwitzen, und sein Arm schmerzte vom Herausziehen und Wiedereinklopfen der Pfropfen. Er sank auf einen Schemel hinter der Theke, wandte sich um und betrachtete die Fässer.

Der Vorratsraum war vom Boden bis zur Decke mit Fässern gefüllt. Solange die Fässer reichten, würde es im Wirtshaus Zur letzten Bleibe wohl kaum einen Kampf, Streit oder ein gebrochenes Herz geben.

Otik lächelte, aber er war zu erschöpft, um es lange durchzuhalten. Er wischte seine Hände am Thekenlappen ab und sagte heiser: »Ich könnte etwas zu trinken gebrauchen.«

Der letzte Viertelliter stand auf der Theke, Tropfen liefen an den Seiten des Kruges hinunter. Kreisförmige, kleine Wellen bildeten sich, als der Wind die Baumzweige unter dem Boden bewegte.

Er könnte das Bier jeder Frau auf der Welt anbieten, und sie würde ihn lieben. Er könnte damit eine Göttin haben oder ein junges Mädchen oder eine schlichte Gefährtin in seinem Alter, die ihm die Bettdecke stehlen und ihn wegen seines Gewichtes aufziehen und in den kalten langen Winternächten Apfelwein heiß machen würde. In all diesen Jahren hatte er kaum Zeit gehabt, sich einsam zu fühlen.

All diese Jahre.

Otik sah sich im Wirtshaus Zur letzten Bleibe um. Er war damit alt geworden, diese Theke zu polieren und diesen unebenen, vom Alter glänzenden Boden zu schrubben. Die meisten Gäste waren Freunde und Fremde, die er herzlich aufzunehmen versuchte. Er hörte seine Stimme wieder, wie er zu Tika sagte: »Auf der ganzen Welt kann kein anderer Ort für sie ein Zuhause sein.«

Er lächelte das Holz an, das Fensterglas, die Freunde, die er hatte, und die Freunde, die er noch nicht kennengelernt hatte. Er hob sein Glas: »Auf Eure Gesundheit, meine Damen und Herren.«

Dann leerte er das Glas auf einen Zug.

Mißratene Kinder

Richard A. Knaak

»Eine sinnlose Aufgabe, mehr ist es nicht!«

Obwohl die Worte lediglich ein leises Zischen waren, verstand B'rak sie deutlich genug. Er stimmte ihnen auch zu, aber sein Rang verbot es ihm, das zu sagen – insbesondere nicht, da er der Hauptmann dieser Patrouille war.

Auch andere hörten die Beschwerde. »Wenn du bei deinen Kriegern nicht für Disziplin sorgen kannst, Hauptmann, würde ich das gerne für dich erledigen.«

B'rak zischte wütend die hochgewachsene Gestalt in ihrem schwarzen Gewand an. Wenn es eine Meinung gab, bei der B'rak mit den Menschen übereinstimmte, dann war es die, daß man Zauberkundigen nicht trauen konnte, geschweige denn, daß es leichtfiel, sie zu mögen. Aber ihm blieb keine andere Wahl: Allen Patrouillen waren welche von ihnen zugeordnet worden. Er spreizte seine Flügel, um sein Unbehagen über die Anwesenheit eines Magiers bei dieser Erkundungsmission noch zu betonen. Seine metallisch-silberne Haut glitzerte in der Sonne, als er mit einer Klaue auf den Sprecher zeigte.

»Der Drachenfürst hat zwar befohlen, daß du uns begleitest, Vergrim, aber nicht, daß du uns befehligst. Ich werde mit meinen Männern verfahren, wie ich es für angemessen halte.«

Vergrim antwortete mit einem Lächeln, das selbst Drakonier nervös werden lassen konnte. Trotzdem nickte er zustimmend zu B'raks Worten und wandte seine Aufmerksamkeit wieder auf die Wildnis um sie herum.

Seit Tagen bewegten sie sich in den üppigen Wäldern direkt nördlich vom Neumeer. Ihre Mission lautete, das Hauptquartier zu überzeugen, daß diese Region frei von Widerstand sei; diese Aufgabe ließ selbst B'rak inzwischen an den Führerqualitäten des Drachenfürsten zweifeln. Er mit seinen Männern sollte für den Ruhm der Königin kämpfen. Von welchem Nutzen waren seine taktischen Fähigkeiten, wo sie doch nur mit plötzlich auftauchenden Elchen, mehreren Vögeln und Bäumen zu tun hatten. Mit nichts anderem, so weit das Auge reichte.

Sith, sein Leutnant, tippte auf seine Schulter und zeigte nach rechts. Der Hauptmann verengte seine Reptilienaugen, als er aufmerksam den Wald musterte. Genauso schnell weiteten sie sich wieder. War das etwa eine aufrechte Gestalt, die er in der Ferne sah? Gespannt beobachtete er sie. Das war kein Tier. Ein Elf oder noch wahrscheinlicher ein Mensch. Elfen waren im allgemeinen schwieriger auszumachen. Insgeheim gestand er sich ein, daß er lieber auf einen Menschen treffen würde. Elfen waren verschlagen und eher geneigt, Tricks anzuwenden, anstatt einem Krieger Auge in Auge gegenüberzustehen. Menschen wußten zu kämpfen. Bei Menschen konnte sich B'rak im allgemeinen auf einen unterhaltsamen Kampf einstellen.

In den hinteren Reihen murrten leise einige Krieger. Ihre Flügel raschelten. Er gab ihnen ein Zeichen, sie sollten sich still verhalten, auch wenn er ihre Ungeduld sehr gut verstand. Dies war die erste Aussicht auf Aktivität, die sich ihnen überhaupt bot. B'rak zitterte förmlich vor Aufregung. Hatte der Drachenfürst mehr gewußt, als die Befehle verraten hatten? Der Hauptmann warf Vergrim einen finsteren Blick zu, aber der drakonische Zauberkundige hatte seine Aufmerksamkeit ausschließlich auf die düstere Gestalt gerichtet, die sich dort zwischen den Bäumen hindurch bewegte. Wenn der Magier etwas wußte, verbarg er es sehr gut. Das sah Vergrim aber gar nicht ähnlich.

B'rak schickte zwei seiner besten Spurenleser los, der Gestalt zu folgen. Bei dem Fremden konnte es sich um einen einzelnen Jäger handeln, aber der Hauptmann wollte sich diese Gelegenheit nicht entgehen lassen. Es konnte sich sogar weiter vorne ein Dorf befinden, aber wie es ihnen unbemerkt geblieben sein sollte, als sie am Morgen dieses Tages alles durchgeforstet hatten, lag jenseits seines Vorstellungsvermögens.

Das Warten darauf, daß die Spurenleser zurückkamen, dauerte eine Ewigkeit. Das unaufhörliche Gemurmel von Vergrim, der sich ständig seine Zaubersprüche ins Gedächtnis rufen mußte, stellte auch keine Hilfe dar. Mehr als ein Krieger war gezwungen, seine steifgewordenen Flügel zu strecken. B'rak klopfte ungeduldig an sein Schwert. Der Tag neigte sich seinem Ende zu.

Die Spurenleser kehrten zwei Stunden später zurück. Sie berichteten, daß die Gestalt sie ohne ersichtlichen Grund von einer Stelle zur anderen geführt habe. Gerade als sie überzeugt gewesen waren, daß er sich wohl ihrer Gegenwart bewußt war, hatte der Wanderer eine Lichtung betreten, auf der ein kleines Dorf stand. Die Bewohner des Dorfes waren Elfen.

B'rak war darüber leicht enttäuscht, aber er schob dieses Gefühl beiseite. Zumindest würden sie endlich in Aktion treten können. Einer der Spurenleser reichte ihm eine Karte, auf der der Standort des Dorfes eingetragen war. Es lag in einiger Entfernung weiter nordöstlich. Sie würden es gerade vor Einbruch der Dunkelheit erreichen.

Vergrim studierte die Karte mit großem Interesse, aber er gab keinen Kommentar ab. B'rak ignorierte ihn; es handelte sich um eine mögliche Kampfsituation, und in dieser Situation oblag ihm die oberste Gewalt. Der Zauberkundige konnte beraten, aber sonst nichts.

Vorsichtig bewegten sie sich durch den Wald in Richtung auf das Dorf zu. B'rak schickte Männer voraus, damit sie einen Hinterhalt vermeiden konnten. Beim Laufen bemerkte er, daß sein Kopf zu pochen begann. Ein ungewöhnliches Zeichen, da er für solche Schwächen eigentlich nicht anfällig war. Glücklicherweise war der Schmerz nicht so stark, daß sein Urteilsvermögen beeinträchtigt wurde.

Sie trafen nicht auf Widerstand. Es hätte genausogut sein können, daß die Drakonier als erste intelligente Lebewesen durch diesen Urwald gingen. B'raks Krieger entspannten sich allmählich wieder, und ihre Gedanken kreisten bereits ums Plündern. Der Hauptmann runzelte die Stirn; die Disziplin schien nachzulassen. Er vermied es, Vergrim anzusehen, weil er sich das höhnische Lächeln auf dessen Gesicht auch so gut vorstellen konnte.

Schließlich erreichten sie das Dorf. Es war unglaublich klein und konnte nicht mehr als ein Dutzend Familien beherbergen. Nach den schlichten Häusern zu urteilen, würde man eher Menschen erwarten und keine Elfen.

B'rak erkannte sofort, daß er selbst mit nur zwanzig Kriegern und diesem Zauberkundigen das Dorf problemlos überwältigen konnte. Er spuckte auf den Boden. Das Klopfen in seinem Kopf vergrößerte seinen Zorn um das Zehnfache. Es war zu einfach.

Plötzlich verbreitete sich in seinem Spähtrupp Unruhe. Selbst Sith, der sonst stets ruhig und gelassen war, rührte sich ungeduldig. Es war einfach zu lange her, daß sie ein Gefecht erlebt hatten, und nun hatte es den Anschein, als ob ihnen schon wieder eines vorenthalten würde. B'rak gab schließlich das Signal. Der Spähtrupp trat auf die Lichtung.

Zuerst sahen sie niemanden. Dann erschienen allmählich einzelne Köpfe in Fenstern und Türöffnungen. Überraschenderweise gab es keine zornerfüllten Blicke und keine haßerfüllten Schreie. Die Elfen kamen aus den Türen hervor und starrten sie an. Starrten sie einfach an. Sie schienen auf etwas zu warten oder nach jemandem zu suchen.

Die Drakonier blieben abrupt stehen. Die ungewöhnliche Situation der Elfen beunruhigte sie. B'rak wandte sich zu Vergrim um.

»Und? Droht uns hier ein Angriff?«

Unter seiner Kapuze schüttelte der Zauberkundige angewidert den Kopf. »Von diesen Schwächlingen haben wir nichts zu befürchten! Ich lese lediglich ihren Wunsch, uns zu helfen und sich um uns zu kümmern. Pah! Selbst ihre Elfenverwandten würden angeekelt sein angesichts dieses Verständnisses, das ich hier spüre.«

Sith beugte sich vor. »Sollen wir das Dorf zerstören?«

B'rak winkte ab. »Das ist nicht der Mühe wert. Wenn dies beispielhaft sein sollte für das, was wir in dieser Region zu erwarten haben, dann hat der Drachenfürst von ihr wenig zu befürchten.« Er runzelte die Stirn und wandte sich wieder seinen Gefährten zu. »Wo sind bloß ihre Kinder? Ich sehe nur Erwachsene – und die meisten von ihnen sind silberhaarig.«

Einer der Spurenleser trat vor und verbeugte sich vor ihm. »Wir haben das Dorf lange Zeit beobachtet, bevor wir uns zurückgemeldet haben, Hauptmann. Kein einziges Mal haben wir Kinder gesehen.«

Das Pochen in B'raks Kopf war mittlerweile nur noch eine lästige Störung, aber es reichte aus, seinen Zorn zu entfachen. Er schrie die Elfen an: »Ich will jetzt sofort eure Führer sehen! Wenn sie nicht erscheinen, werden meine Männer das Dorf dem Erdboden gleichmachen und jeden töten!«

Die Elfen antworteten nicht. Einige traten jedoch zur Seite und machten einen Weg frei für den ältesten Elfen, den die Drakonier jemals gesehen hatten. Sein Bart glänzte silbern und reichte fast bis zu seinen Armen. Er trug nur eine schlichte Robe. Offensichtlich war das die einzige Kleidungsform im Dorf, da die anderen Elfen ähnlich angezogen waren. Er führte einen langen Holzstab mit sich, den er als Krücke benutzte. Als er sich dem Drakonieranführer näherte, blitzten seine Augen. Der uralte Mann trug kein Zeichen seiner Autorität, soweit B'rak erkennen konnte, aber der Hauptmann hegte keinen Zweifel, daß dies wirklich der Dorfälteste war.

Vergrim zischte. »Nimm dich in acht, B'rak. Er könnte ein Kleriker sein. Dieses ganze Dorf riecht nach einem Heiligtum oder etwas ähnlichem. Sieh mal, wie sie alle gekleidet sind und wie sie sich verhalten.«

»Kannst du von diesem Alten irgendeine Bedrohung ausmachen? Wie er aussieht, hat er schon Mühe mit dem Stehen.«

»Nein. Was die anderen betrifft, kann ich lediglich den Wunsch erkennen zu helfen. Merkwürdig.« Die Schwarze Robe klang fast enttäuscht, fiel B'rak auf.

Der Älteste blieb vor den Reptilienkriegern stehen. »Ich bin Elia, der Sprecher dieses Dorfes. Wir heißen euch willkommen und bieten euch unsere bescheidene Gastfreundschaft an.«

Der Hauptmann tat das Angebot mit einer Handbewegung ab und ging unverzüglich auf den Punkt ein, der ihn beunruhigte. »Wo sind eure Jungen? Eure Kinder? Ich warne dich. Wenn sie nicht auftauchen, werde ich den Befehl erteilen, euch alle umzubringen.«

Elia seufzte, und tiefe Traurigkeit schien sich über die gesamte Elfenbevölkerung zu legen. B'rak war von der Intensität dieses Gefühlsausbruchs völlig überrascht. Hatte irgendeine Pest die Jungen niedergestreckt? Befand er sich mit seiner Patrouille etwa in Gefahr? Er ließ diesen Gedanken jedoch schnell wieder fallen; er wußte von keiner Pest, die die Jungen und Starken tötete und Alten und Kranken am Leben ließ.

Der Älteste machte eine schwache Handbewegung zu der Elfengruppe hinüber, die sich hinter ihn gestellt hatte. »Wir sind die einzigen, die du hier finden wirst. Unsere Kinder haben sich von uns abgewandt und erkennen uns nicht länger an. Wir beten, daß sie zu uns zurückkehren, aber unsere Hoffnung wird immer schwächer.«

Drakonier sind nicht bekannt dafür, daß sie Mitgefühl kennen. B'rak jedoch fand es unmöglich, den Schmerz der Elfen nicht nachzuempfinden. Selbst Vergrim blickte einen Moment auf den Boden.

Der Schmerz in seinem Kopf brachte den Hauptmann jedoch wieder zurück in die Wirklichkeit. Er fluchte grob und faßte sich an den Kopf. Elia berührte mit einer besorgten Geste seine Schulter. Sith kam seinem Hauptmann zu Hilfe. »Geht es dir gut, Hauptmann?«

»Ich habe Kopfschmerzen, das ist alles. Wir werden die Nacht hier verbringen. Sichere das Gebiet ab. Stell eine Wache auf. Nimm Geiseln fest.«

In den hinteren Reihen des Spähtrupps kam plötzlich Unruhe auf. B'rak richtete sich auf, konnte aber nicht erkennen, was vor sich ging. Vergrim, der größer war, sah hinten nach und kam dann wieder zu B'rak.

»Einer deiner Männer ist ohnmächtig geworden. Vielleicht Erschöpfung. Ich werde mich um ihn kümmern.«

»Hauptmann...«

B'rak wandte sich wieder dem Sprecher zu. »Was hat das zu bedeuten, Alter?«

»Du brauchst mit deinen Gefährten Essen und Ruhe. Kommt. Ihr habt von uns nichts zu befürchten. Mein Volk wird sich um deine Männer kümmern. Essen, Obdach – was immer sie wünschen.«

Sith hakte bei der letzten Bemerkung ein. »Eine Falle! Sie werden das Essen vergiften.«

»Unwahrscheinlich. Notfalls müssen wir Geiseln nehmen. Sie werden nicht wagen, einem von uns Schaden zuzufügen, wenn dadurch ihre Verwandten in Gefahr geraten. Jeglicher Versuch wird mit der totalen Zerstörung des Dorfes beantwortet.« B'rak rief zwei seiner Krieger zu sich. »Ihr beide kommt mit mir.« Zu dem Elfensprecher sagte er: »Ich nehme deine Gastfreundschaft an – und werde in deinem Haus übernachten.«

Sith öffnete seinen Mund, um Einspruch zu erheben, ließ es dann aber bleiben. Er funkelte lediglich den Elfensprecher finster an und stolzierte von dannen, um B'raks Befehlen nachzukommen. Elia verbeugte sich respektvoll und wandte sich um. Sein Gesicht zeigte keine Feindseligkeit gegenüber seinem plötzlichen Hausgast. Sein Gang war so langsam, daß der Hauptmann auf ihrem Weg reichlich Zeit hatte, die anderen Dorfbewohner eingehend zu mustern.

Im ganzen waren sie ein beklagenswerter Haufen. B'rak fragte sich, was die Elfen in solch einen Zustand gebracht haben könnte. Sie schienen die Drakonier nicht zu fürchten und waren ihnen gewiß nicht feindlich gesinnt. Es gab keine Anzeichen von Pest oder Zerstörung. Der ganze Ort war rätselhaft. Was war wirklich mit den Kindern geschehen? Er kicherte. Vielleicht hatte es was mit Langeweile zu tun.

Die Häuser der Elfen sahen aus der Nähe noch trostloser aus. Alle waren aus Holz und enthielten normalerweise nur ein Zimmer. Dagegen wirkte das Haus des Sprechers geradezu luxuriös. Es stand neben einem riesigen Baum einige Meter abseits vom Dorf. Wie alle anderen war es aus Holz, aber groß genug, um Platz für die ganze Bevölkerung zu bieten. B'rak nahm an, daß das Gebäude gleichzeitig als Versammlungsort diente, und machte sich bereits Gedanken über künftige Verwendungsmöglichkeiten.

Eine Elfenfrau mit wehenden silbernen Haaren, in die sich Goldfäden mischten, begrüßte sie am Eingang. Trotz ihres offensichtlich sehr hohen Alters war sie immer noch eine schöne Frau. B'rak konnte sie sich jedoch lediglich als Großmutter vorstellen.

»Ich begrüße unsere Gäste.«

Elia umarmte sie kurz, dann wandte er sich wieder an den drakonischen Hauptmann. »Das ist meine Frau, Aurilla Sternenblatt. Sie wird das Essen für dich bereiten, während ich deinen Männern zeige, wo sie sich ausruhen können. Ist das annehmbar?«

B'rak blinzelte. Annehmbar? Er mußte über die Frage lächeln. Allmählich begann er, diese Leute und ihre Eigenarten zu mögen. Mit einer schwungvollen Gebärde, die auch dem Drachenfürst Genüge getan hätte, gab B'rak seine Zustimmung. Der Sprecher verschwand, und seine Frau betrat das Haus. Der Hauptmann zögerte, bevor er ihr folgte, und wandte sich an die Wachen.

»Sorgt dafür, daß ich nicht gestört werde. Habt auch ein Auge auf diese zwei Alten. Sith wird sich um eine Ablösung für euch kümmern. Ich erwarte, daß ihr bis dahin wachsam seid.«

Sie salutierten. B'rak nickte, wandte sich um und schlenderte hinein. Er fühlte sich ganz und gar wie ein Eroberer.

Wenn die äußere Erscheinung des Hauses schon auf Schlichtheit hindeutete, dann wurde sie innen schonungslos bestätigt. Außer einem Tisch und zwei Stühlen gab es nur wenige Möbelstücke. Auf Grund der vielen Kissen und Decken, die verstreut herumlagen, vermutete B'rak, daß Elfen nur wenig Verwendung für derartige Dinge hatten.

Die Frau, die Aurilla genannt wurde, kam wieder in den Raum. In ihren zierlichen Händen hielt sie eine dampfende Schüssel. Sie deutete zu einem Tisch. »Setz dich bitte. Ich habe dir eine Brühe zubereitet. Ich bin sicher, daß sie dir schmecken wird.«

B'rak entblößte absichtlich die langen Reihen seiner scharfen Zähne, die zum Reißen bestimmt waren. Er bevorzugte eher Fleisch als Pflanzen und Brühe. Insbesondere Frischfleisch. Die Elfenfrau zeigte keinerlei Reaktion auf sein Verhalten. Sie lächelte und stellte die Brühe auf den Tisch. Der Drakonier schnüffelte. Es roch gut, und nach dem Aroma zu urteilen, enthielt die Brühe auch Fleisch. Er ging zum Tisch und nahm auf einem Stuhl Platz.

Die Schüssel war so klein, daß er den Inhalt in drei Schlucken hinunterschlingen konnte. Als er mit seiner Zunge die Schale gesäubert hatte, sah er auf. Aurilla kam mit einer zweiten Schüssel. B'rak grunzte vor Zufriedenheit, und sie lächelte wie eine Mutter, die von ihrem Lieblingskind ein Kompliment erhalten hat. Der Drakonier mußte über dieses merkwürdige Bild kichern.

Für die zweite Schüssel brauchte er länger. Seine Kopfschmerzen behinderten ihn. Inzwischen war Schlaf ein immer dringlicher werdendes Bedürfnis für ihn geworden. Voll Ungeduld erwartete er die Rückkehr des Sprechers. Mit einer Klauenhand ergriff er die inzwischen leere Schale und zermalmte sie. Wie gerufen kehrte der uralte Elf zurück.

»Ich habe für dich ein Schlaflager bei deinen Männern vorbereitet. Du kannst aber auch hier bleiben, wenn es dein Wunsch ist.«

»Ich bleibe hier. Auch mein Erster Offizier und der Magier

werden hier übernachten. Meine Krieger müssen zufrieden sein mit dem, was sie finden.« Das sind die Privilegien der Ranghöchsten, fügte der Hauptmann für sich hinzu.

Plötzlich machte sich am Eingang Unruhe bemerkbar. Als B'rak zornerfüllte Drakonierstimmen hörte, zog er sein Schwert. Eine Falle! Sie haben mich zum Narren gehalten. Sie haben mich an der Nase herumgeführt! Er stürzte durch die Tür hinaus.

Vergrim stand dort und schaute höchst finster und aufgebracht drein. Die zwei Wachen blockierten seinen Weg. B'rak fluchte: Er hatte nicht im Traum daran gedacht, daß sie den Zauberkundigen vom Eintreten abhalten könnten. Zweifellos hielt sich Vergrim lediglich von Vergeltungsmaßnahmen zurück, weil er annahm, sie würden lediglich die Befehle ihres Anführers befolgen. Der Hauptmann des Spähtrupps steckte seine Waffe wieder ein und trat nach vorne, um die Situation zu bereinigen.

»Hört auf, alle! Was ist los, Vergrim? Warum störst du mich?«

Die Schwarze Robe richtete ihre Kapuze und funkelte die Wachen an. »Ist es mir erlaubt, mit dir unter vier Augen zu sprechen?«

B'rak winkte den beiden zu, sie sollten beiseite treten. »Komm herein.«

»Ich betrete dieses Haus nicht. Es ist von den schwachen Kreaturen besudelt, die es bewohnen.«

»Ich werde daran denken, wenn ich hier schlafe. Was willst du?«

»Ich sagte, daß ich mit dir unter vier Augen sprechen muß. Schick die zwei fort.«

Der Hauptmann spreizte seine Flügel. »Du stellst meine Geduld auf eine harte Probe, Vergrim. Na schön. Ihr zwei, geht und sucht Sith. Sagt ihm, daß ihr etwas essen müßt. Aber kehrt danach unverzüglich zurück.«

Die Wachen kamen seiner Anweisung übereifrig nach. B'rak wandte sich wieder zu dem Magier um. Vergrim starrte an dem Anführer des Spähtrupps vorbei und runzelte die Stirn. B'rak drehte sich um und stellte fest, daß der Sprecher und seine Frau im Türrahmen aufgetaucht waren. Beide schauten besorgt drein.

»Wartet drinnen auf mich. Geht!«

Widerstrebend gingen die beiden in das Haus zurück. B'rak musterte Vergrim und flehte insgeheim, daß er jetzt endlich hören würde, was den Zauberkundigen so aufwühlte. Jede Verzögerung raubte ihm den Schlaf. Was die Sache noch schlimmer machte, war, daß es in seinem Kopf noch stärker summte als zuvor.

»Ich gebe dir drei Minuten. Sprich!«

»Ich habe den Krieger untersucht, der ohnmächtig geworden ist. Sein Name ist S'sira.«

»Ich kenne ihn. Ruhiger, unauffälliger Bursche, aber grausam. Fahr fort.«

»Er leidet nicht an Erschöpfung. Er klagt über Kopfschmerzen und Schwindel, aber das liegt nicht an fehlender Ruhe. Ich kann es nicht mit Sicherheit sagen, aber vermutlich leidet er an einer Krankheit.«

Der Hauptmann verschränkte seine Arme. »Du glaubst also, daß es etwas mit den Dorfbewohnern zu tun hat.«

»Schau dich doch um. Wo sind die Heranwachsenden? Die Starken? Es würde viel erklären.«

B'rak lachte barsch. »Es erklärt nichts. Ich habe mir darüber auch schon Gedanken gemacht. Sag mir, welche Krankheit tötet denn nur die Jungen und Starken, während solche wie der Sprecher unversehrt bleiben? Krankheiten sind nichts Neues für mich. Wenn du dich nicht um S'sira kümmern kannst, liegt es eben in der Gewalt der Königin.«

»Du bist ein Narr. Wie alle Krieger. Dein eigenes Leben kann sich doch auch in Gefahr befinden.«

»Sei vorsichtig, Magier!« zischte B'rak. Vergrim drehte sich um und beendete so jegliche weitere Unterhaltung. Der Anführer faßte sich wieder an den Kopf: Das Summen in seinem Kopf war inzwischen so unerträglich, daß selbst das Denken schmerzhaft wurde. Er stolzierte zurück in das Haus des Sprechers und schrie nach dem Elfen.

Elia stand bereits da, wie ein stummes Gespenst. B'rak, bereits in schlechter Laune, beschimpfte ihn. Der Älteste lächelte mitfühlend und fragte, ob er nun zu ruhen wünsche. Der Drakonier murmelte eine Zustimmung.

Der Schlafraum war genauso düster und trostlos wie die übrige erbärmliche Behausung des Sprechers, doch im Moment störte B'rak das wenig. Er wollte sich einfach nur hinlegen und das Summen in seinem Kopf vergessen. Er wollte Schwarze Roben und Machtkämpfe vergessen. Als Elia schließlich vor einem Berg von Kissen und Decken auf dem Boden haltmachte, warf sich der Hauptmann darauf. Für seine Rasse war das nicht gerade die bequemste Stellung angesichts der Tatsache, daß seine Flügel überall knirschten, aber es lag ihm im Augenblick völlig fern, sich an solchen Banalitäten zu stören. Der Sprecher machte Anstalten zu gehen, aber der Drakonier rief ihn zurück.

»Sorge dafür, daß ich friedlich ruhen kann, Elf. Niemand, das gilt insbesondere für die Schwarze Robe, darf meinen Schlaf stören.«

»Du sollst nicht gestört werden, mein Sohn. Wir werden dafür Sorge tragen.«

B'rak lächelte und trieb davon. Er fühlte sich merkwürdig beruhigt durch diese Erklärung.

Sich wie ein Vogel emporschwingen. Hoch zum Himmel. Unter ihm trotteten die Kreaturen, die zum Leben auf der Ebene verdammt waren, weiter auf ihrem langweiligen Weg. Er sauste hinab zu ihnen und jagte dem Haufen Angst ein. Sie zerstreuten sich in viele verschiedene Richtungen und riefen entsetzt seinen Namen aus.

Er hatte gar nicht beabsichtigt, sie so zu ängstigen. Nicht wirklich. Sie waren schon interessant, diese kleinen Wesen. Höchstwahrscheinlich Zwerge. Er landete anmutig und rief sie zu sich und sagte ihnen, daß er ihnen kein Leid zufügen, sondern nur ein wenig Spaß haben wollte.

Viel Geduld und Überredungskünste waren vonnöten, sie aus ihren Verstecken herauszulocken. Als sie schließlich herankamen, geschah es vorsichtig in kleinen Zweier- und Dreiergruppen. Er lächelte, um sie zu beruhigen. Sie lächelten zurück.

Als sie dicht genug heran waren, ließ er die Flamme los.

Sie kreischten auf und liefen davon. Er konnte nicht mit Bestimmtheit sagen, ob er wirklich einen von ihnen verbrannt hatte. Er hatte nur mit ihnen spielen wollen. Er war über sich selbst entsetzt. Mit einem schrecklichen Schrei schoß er in den Himmel. Die Wolken waren ihm nicht hoch genug. Er flog höher und höher und suchte die Sterne und die Mächte, die sich dahinter befanden. Sein Schrei riß sich durch alle Gewebe der Wirklichkeit und erreichte selbst die Ohren der Götter.

Da waren sie. Gegenspieler. Die Königin der Finsternis und die strahlende Gestalt in ihrer Platinrüstung. Beide griffen nach ihm. Er hörte Stimmen, die ihn riefen, so wie Eltern ein Kind rufen, das sich verlaufen hat. Er erreichte sie beinahe.

Aber das Licht machte ihm angst. Es wollte ihn entstellen und aus ihm etwas anderes machen, als er war. B'rak wandte sich ab und floh. Er flog zurück zur Königin der Finsternis, die Sicherheit und Schutz bot. Sie hieß ihn willkommen.

Alles wurde schwarz. Die Stimmen trauerten um den Verlust, und dann erstarben sie.

B'rak erwachte voller Schreck. Er zischte laut in der Dunkelheit, die er zuerst noch für einen Teil seines Traumes gehalten hatte. In seiner Nähe regte sich jemand. Der Drakonier schnupperte. Sith. Sonst niemand. Vergrim hatte sich offensichtlich entschlossen, sich anderswo einen Ruheplatz zu suchen.

Sith zischte im Schlaf. Auch er war offenbar Opfer von Träumen, die ihm nicht gefielen. B'rak erhob sich. Seine Augen hatten sich inzwischen an das fehlende Licht gewöhnt, und er rieb sich die Schläfen. Das Summen war immer noch da, aber kaum noch wahrnehmbar. Den Alptraum hatte er mittlerweile fast vergessen, aber nicht das unbehagliche Gefühl, das er hinterlassen hatte. In Gedanken versunken spannte B'rak seine Flügel an und verließ abrupt das Nachtquartier.

Er ging lautlos an den schlafenden Elfen im anderen Zimmer vorbei und trat nach draußen. Die Sonne war noch nicht aufgegangen. Der Hauptmann zischte vor sich hin. Er wandte sich einer der zwei Wachen am Eingang zu und versetzte ihr einen Fußtritt. Der Soldat fluchte und griff nach seinem Bein. B'rak stieß einen leisen, aber direkten Befehl aus – und nannte die Konsequenzen, die sich aus Befehlsverweigerung aus Langsamkeit ergeben würden. Der Krieger nahm sofort Haltung an.

B'rak flüsterte ihm zu. »Such die Spurenleser, sie sollen sich bei mir melden. Sofort!«

Der Soldat hastete davon. B'rak wandte sich an die andere Wache, die nun auch mit Haltung dastand und für jede Schlacht bereit war. Der drakonische Hauptmann bewegte sich näher, bis er sich mit dem anderen in gleicher Augenhöhe befand.

»Wo ist die Schwarze Robe? Hast du ihn gesehen, oder hast du die ganze Nacht geschlafen?«

»Er ist bei dem Kranken, Hauptmann – bei S'sira.«

»Und wo ist das?«

Eine Stimme schwebte durch die schwindende Nacht. »Es besteht keine Notwendigkeit, nach mir zu suchen, Hauptmann. Ich bin hier.«

B'rak wirbelte herum. Selbst in der Dunkelheit konnte er Vergrims glühende Augen ausmachen. Der Zauberkundige war fest in seinen schwarzen Umhang gehüllt, der fast ein Teil seiner eigenen Gestalt zu sein schien. Der Magier schaute grimmig drein.

»Es ist merkwürdig, daß du gerade nach mir suchen wolltest, Hauptmann. Ich war auf dem Weg, um mit dir zu sprechen. Interessant, findest du nicht auch? Sag mir, sind deine Kopfschmerzen inzwischen besser geworden?«

»Warum fragst du danach?«

»Das werde ich dir sagen, wenn du mir meine Frage beantwortet hast. Sind deine Kopfschmerzen besser geworden?«

»Ja. Es summt nur noch ganz wenig. Ich hatte beim Schlafen Schwierigkeiten.«

Als Vergrim nickte – offensichtlich zur Bestätigung einer Vermutung –, bewegte sich seine Kapuze hin und her. »Das habe ich mir gedacht. Es wird dich vielleicht interessieren, daß sich viele deiner Männer ebenfalls über Kopfschmerzen und dieses Summen beklagt haben. S'sira ist offensichtlich der einzige, den es so schlimm erwischt hat. Er brabbelt wie ein Wahnsinniger und verrenkt seinen Körper vor Schmerzen.«

Die ersten Lichtstrahlen brachen durch die Dunkelheit. B'rak entblößte seine Zähne. »Er war vorher nicht krank. Wann hat das angefangen?«

»Bald nachdem sich der Spähtrupp niedergelassen hat. Die meisten wurden im Schlaf davon betroffen. Kurz nach dem Aufwachen ging es ihnen dann wieder besser.«

In diesem Moment kehrte die andere Wache mit den Spurenlesern zurück. Sie salutierten. B'rak beachtete sie zuerst nicht; durch seinen Kopf schossen Hunderte von Gedanken. Schließlich kam er zu einer Entscheidung. Er wandte sich den Neuankömmlingen zu.

»Habt ihr den umliegenden Wald überprüft?«

Die zwei Spurenleser sahen sich an. B'raks Augen verengten sich. »Das ist eine Standardvorschrift, oder nicht?«

Der ältere der beiden ergriff das Wort: »Hauptmann, wir haben den Wald zuvor überprüft. Es ist nur so, daß wir nichts Berichtenswertes gefunden haben. Du hast die Karte selbst gesehen. Meilenweit nichts als Bäume und Gras.«

Der Anführer des Spähtrupps nickte. »Ich verstehe. Sehr schön. Ihr seid entlassen.«

Die Spurenleser zogen sich in großer Eile zurück. B'rak sah die Schwarze Robe an. »Du hast bei diesen Elfen nichts herausfinden können?«

»Nur immer wieder das gleiche – der Wunsch, uns zu helfen und sich um uns zu kümmern. Ich habe ihnen aber auch nicht zuviel Aufmerksamkeit geschenkt. Sie sind weniger wert als Gossenzwerge. Zumindest ist von ihnen nicht mehr zu erwarten. Diese Elfen sind durch und durch erbärmlich.«

»Also, was glaubst du, was die Ursache für diese... diese Krankheit ist?«

»Ich weiß es nicht. Aber ich hielt es für notwendig, meine Gefühlseindrücke zu berichten und dich eventuell zu warnen.«

B'rak grunzte. »Betrachte mich als gewarnt.«

Vergrim zischte: »Ich werde sehen, was ich noch für deinen Mann tun kann. Aber ich befürchte, es wird nicht reichen.«

»Können wir vielleicht zu Diensten stehen?«

Der Elfensprecher und seine Frau standen hinter ihnen. Der Hauptmann hatte keine Ahnung, wie lange sie schon dort ge-

standen haben mochten, aber es erfüllte ihn mit Genugtuung, daß die Schwarze Robe genauso verblüfft war. Er sah von einem Elfen zum anderen. »Könntet ihr uns denn helfen?«

»Unser Wissen umfaßt eine Zeitspanne von unzähligen Generationen. Vielleicht haben wir auch Kenntnisse über die Krankheit, die deinen Krieger befallen hat. Wir haben lediglich den Wunsch zu helfen.«

B'rak beäugte sie skeptisch. »Vergrim?«

Die Stimme des Magiers war kaum hörbar. »Ich spüre außer Sorge und Mitgefühl für uns immer noch nichts. Ich verstehe das zwar nicht, aber es ist so. Sie können uns von Nutzen sein. Ich würde ihnen jedoch nur in diesem Punkt trauen.«

»Soll ich dir eine Wache zur Unterstützung mitgeben?«

Vergrim gab spöttisch zurück: »Ich glaube schon, daß ich mit zwei betagten Elfen fertig werde.«

Der Drakonierhauptmann nickte. Zu den Elfen sagte er : »Sehr schön. Begleitet den Zauberkundigen. Seid gewarnt – er wird jede Bewegung von euch beobachten! Wenn mein Krieger stirbt, wird euch das gleiche Schicksal ereilen.«

»Wir haben verstanden, Hauptmann. Wir werden tun, was in unserer Macht steht.«

Vergrim zischte und deutete ihnen an, sie sollten ihm folgen. Sie gehorchten, behielten aber einen beachtlichen Abstand zum Magier bei. B'rak beobachtete sie beim Weggehen und fuhr sich mit seiner lederartigen Hand über das Kinn.

»Sith!«

Sein erster Offizier stolperte aus dem Haus des Sprechers. Er sah halb tot aus. Der Hauptmann gab ihm einen Moment Zeit, sich zu sammeln.

»Hauptmann?«

»Dir obliegt jetzt das Kommando. Organisiere einen Spähtrupp für den Einsatz. Ich werde bald zurückkehren.«

»Jawohl, Hauptmann.«

B'rak richtete seinen Schwertgürtel und machte sich auf den Weg in den Wald. Hin und wieder begegnete er einem Elfen. Alle wichen seinem Blick aus. Er zischte leise; ihre Haltung hatte sich verändert. Aber was es war, konnte er nicht genau sagen. Er spürte lediglich, daß da ein Unterschied bestand. Es herrschte immer noch diese Traurigkeit, aber irgend etwas hatte sich verändert.

Er ging eine Zeitlang weiter. Als er nach seiner Schätzung bereits eine recht weite Strecke vom Dorf entfernt war, machte er eine Pause. Die Landschaft war hügelig; er würde noch zwei weitere Stunden brauchen, um zu einer der niedrigen Gebirgsketten in dieser Region zu gelangen. Diese Hügel jedoch würden seinem Zweck auch genügen.

Er wählte den höchsten und zerklüftetsten Hügel aus. Eine Flanke ging in einen steilen Abhang über. Die leichte Brise führte ihn in Versuchung. Obgleich sich seine Flügel nicht wirklich zum Fliegen eigneten, würde er mühelos eine beträchtliche Entfernung gleiten können. Aber deswegen war er nicht hier.

Wie er vermutet hatte, bot der Hügel einen hervorragenden Aussichtspunkt auf die Landschaft der Umgebung. Weit im Südwesten lag, soweit er erkennen konnte, das Ufer des Neumeeres. Auf der anderen Seite ragten gewaltige Gebirgszüge aus der Ebene empor, die wie gigantische Mauern die Region beschützten. Das flachere Land bestand lediglich aus Wald. Urwald. Üppige, weite Flächen mit riesigen Bäumen.

B'rak sah, daß sein Verdacht sich bestätigt hatte, und stieg schnell den Hügel hinab. Er betete, daß Sith seinen Anweisungen gefolgt war und den Spähtrupp mobilisiert hatte. Es bestand immer noch eine Chance auf einen Sieg, falls er gehorcht hatte. Zumindest wären die Drakonier nicht unvorbereitet gewesen, wenn die Elfen losgeschlagen hatten.

Eine Falle! Selbst Elfen hinterließen andere Lebenszeichen, als sie dieses einzelne, winzige Dorf aufwies. B'rak kannte ihre kunstvoll gebauten Häuser, die der Natur nachempfunden waren, er wußte von Städten, die diese künstlerisch veranlagte Rasse gestaltet hatte. Außerdem muß sich eine Bevölkerung ernähren, und B'rak wußte als Veteran vieler Schlachten, daß auch die Elfen Pflanzen anbauten und untereinander Handel trieben. Elia und sein Volk hatten keine Felder, keine Haine mit Obstbäumen und keine Siedlung, die sich mit der Natur in Einklang befand.

Kurzum: Das Dorf existierte lediglich zum Gefallen des Spähtrupps. Ein Köder. Irgendwie mußten sie gewußt haben, daß seine Patrouille aufkreuzen würde. Alles weitere war für sie nur eine Angelegenheit des Wartens gewesen.

Der Drakonier verfluchte seine Blindheit. Bestimmt spielte bei dem Ganzen Zauberei eine Rolle. Anders waren derartig schwere Trugschlüsse nicht erklärbar, zumindest nicht bei einem alten Hasen wie ihm. Selbst Vergrim hatte sich täuschen lassen. Vergrim mit seiner Macht, seinen Zaubersprüchen, seiner Fähigkeit, die Gefühle anderer zu durchschauen. Alles, was die Schwarze Robe herausgefunden hatte, war der Wunsch der Elfen, ihnen behilflich zu sein.

Dieses Puzzleteil konnte er noch nicht richtig einordnen. Sie hätten ihn mehrmals töten können. Er war auf jeden Fall genügend unvorsichtig gewesen, und das noch mit dem Anspruch, ein mächtiger Eroberer gegenüber einer Handvoll friedfertiger Elfen zu sein. Sie hätten ihn sogar im Schlaf umbringen können.

Sie hatten nichts dergleichen getan.

Er erreichte das Dorf in halber Erwartung einer Schlacht. Die Elfen waren nirgendwo zu sehen. Auch Vergrim nicht. Aber Sith und der Spähtrupp erwarteten ihn. Sein stellvertretender Hauptmann nahm unverzüglich Haltung an.

»Deine Befehle, Hauptmann?«

B'rak sah über das Dorf, die Falle, und zischte: »Ich will, daß dieses Dorf bis zum Boden verbrannt wird! Ich will, daß die Elfen niedergemetzelt und verbrannt werden! Fangt mit den Geiseln an: Die Verantwortung liegt bei euch. Seid auf eine Schlacht vorbereitet! Dies ist eine Falle! Ich muß die Schwarze Robe aufsuchen, bevor es zu spät ist!«

Sith grinste, als der Hauptmann weitereilte. Seine Zähne glitzerten in der Sonne, als er seine Befehle bellte. Endlich trat das ein, worauf er so lange gewartet hatte! Endlich ein Einsatz! Er zog einen brennenden Stock aus einem Feuer, das einer der Krieger zuvor entfacht hatte. Andere folgten seinem Beispiel.

Dann war es nur noch ein Wettkampf, wer als erster das Inferno in Gang setzen würde.

B'rak war erschöpft, als er das Haus erreichte, in dem die Elfen den kranken Krieger untergebracht hatten. Es lag weit entfernt vom Dorf. Hinter ihm waren die Schreie seiner Krieger zu hören. Er hoffte, daß sie in ihrer Begeisterung nicht zufällig auch noch den Wald niederbrennen würden. Zumindest solange nicht, wie der Spähtrupp auch ihn erreichen konnte.

Er traf Vergrim am Eingang der Hütte. Die Schwarze Robe sah angespannt aus und musterte ihn auf merkwürdige Weise.

»Was hast du getan, B'rak?«

»Das ist eine Falle, Magier! So wie du ursprünglich vermutet hast! Eine sehr subtile Falle!«

Die Schwarze Robe starrte ihn an. »Was hast du getan?«

»Meine Patrouille ist gerade dabei, das Dorf völlig niederzubrennen! Ich habe befohlen, daß diese Elfen abgeschlachtet werden, bevor ihre Verwandten eintreffen können! Sie sind listig, Vergrim! Offensichtlich listig genug, um die Wahrnehmung eines Zauberkundigen zu täuschen!«

Der andere Drakonier nickte langsam. »Das stimmt. Trotzdem ist das alles umsonst. Der Plan ist gescheitert. Wir haben nichts erreichen können. Der Zauber der Königin ist stärker, als wir uns vorgestellt haben.«

B'rak zischte wütend. »Wir? Welcher Zauber? Wovon sprichst du überhaupt? Wo sind der Elf und seine Frau? Was haben sie mit dir angestellt, Magier? Du benimmst dich noch seltsamer als sonst!«

Vergrim ging von dem Eingang zur Seite. »Sieh es dir lieber selbst an, Hauptmann.«

B'rak schob den Magier beiseite und stürzte in die Hütte. Es war innen so dunkel, daß er zuerst nichts erkennen konnte, und er fragte sich, warum es keine Fenster gab. Doch innerhalb von Sekunden hatten sich seine Augen an die Dunkelheit gewöhnt.

Der Drakonier wich vor Entsetzen einen Schritt zurück. Ein Fluch zur Königin der Finsternis entfuhr seinen Lippen, während er hastig versuchte, seinen Blick von dem Ding auf den Decken wieder abzuwenden. Es war S'sira – und doch war er es auch wieder nicht. Die Gestalt veränderte sich ständig, als ob zwei Kräfte in ihr um die Herrschaft rängen und sich nicht erfolgreich gegen die andere durchsetzen könnten, so kam es dem Hauptmann vor.

Angewidert zog er sein Schwert aus der Scheide und zwang sich, über der Gestalt stehenzubleiben, die sich ständig verwandelte. Ein Streich traf die Stelle, wo sich sonst der Kopf befand. B'rak hob ein großes Kleidungsstück auf, um seine Waffe zu säubern. Der Stoff verwandelte sich in einen Teil der schwarzen Robe, die einst Vergrim gehört hatte. Der verkohlte Körper des Zauberkundigen lag zusammengekrümmt in einer Ecke.

»Der Einfluß der Königin ist zu stark.« Es war die Stimme des Magiers, doch es war gleichzeitig die Gestalt eines Elfen. B'rak wurde von einer unbegründeten Angst beschlichen und musterte ihn genauer. Er erkannte, daß es Elia war... und wiederum war es nicht Elia. »Wir hätten niemals glauben dürfen, daß sie sich an eine Übereinkunft hält. Einige von uns weigerten sich zu glauben, daß keine Hoffnung besteht«, fuhr der Elf fort. »Wir waren entschlossen, unsere Kinder zurückzuholen. Wenn die Königin sie in haßerfüllte Ungeheuer verwandeln konnte, so wollten wir sie wieder zurückverwandeln.«

Der Hauptmann der Drakonier trat nach vorne. »Du bist mein Gefangener, Alter! Ich habe deine Falle aufgedeckt! Genau in diesem Moment bringen meine Männer dein Volk um und brennen diese Farce von einem Dorf nieder!«

Elia schüttelte traurig seinen Kopf. »Ich habe ganz besonders für dich Hoffnung gehegt. Ich habe dich sofort als meinen Sohn wiedererkannt, als ich dich sah. Die gleiche Entschlossenheit, die gleiche Stärke. Mein Traum hat dich beinahe erreicht. So wie er beinahe auch den anderen erreicht hat.« Eine Hand zeigte auf die reglose Gestalt auf der Decke. Im matten Licht sah die Hand des Elfen fast ledern aus.

Elia sprach weiter: »Uns blieb wenig Zeit, ein wirkliches Dorf vorzubereiten. Mit Magie haben wir das Notwendigste geschafft. Wir konnten dich veranlassen, das anzunehmen, was eigentlich nicht annehmbar ist. Es hat jedoch nicht genügt. Obwohl unser Zauber so stark war, hat nur einer von euch darauf wirklich angesprochen. Er hätte jedoch die Umwandlung nicht überlebt, und deswegen war sein Tod vorzuziehen – auch wenn ich es nicht über mich bringen konnte, diese Tat auszuführen. So kurz vor dem Ziel.«

»Welche Umwandlung?« B'rak wich zurück. Der Elf benahm sich überhaupt nicht wie ein Gefangener, und sein Äußeres hatte sich noch dazu merkwürdig verändert. Das Gesicht wurde breiter und einem Reptil immer ähnlicher.

»Ihr wart die nächste Generation. Unser Stolz und unsere

Freude. Unsere lieben Kinder. Vor langer Zeit, während wir schliefen, stahlen die Königin und ihre bösen Drachen unsere Eier und hielten sie als Geiseln. Sie zwangen uns, einen Eid zu leisten, daß wir uns nicht in ihre verrufenen Pläne einmischen würden. Sie wollte die Welt erobern. Sie versprach uns, die Eier unbeschädigt zu lassen, aber sie log. Mit Hilfe ihrer schwarzen Künste entstellte und verformte sie die Eier zu Kreaturen, wie du eine bist. Ich erzähle dir das, mein Sohn, damit du weißt, daß unser Handeln aus Liebe zu euch entspringt. Du weißt jetzt, was ihr eigentlich hättet sein sollen – wenn die verruchte Königin nicht gewesen wäre.«

Flügel breiteten sich aus. Alle Spuren des Elfen verschmolzen zu einer emporragenden Gestalt aus strahlendem Silber. Der Drakonier wich zurück. Seine Hand schwang das Schwert in einem jämmerlichen Versuch, sich zu verteidigen. Die Wände der Hütte konnten die Gestalt, die da strahlend emporwuchs, nicht länger beherbergen und fielen wie Pergament auseinander. B'rak war gezwungen, Teilen des herunterfallenden Daches auszuweichen.

Der gewaltige Kopf starrte herab. Ein Seufzer entwich seinen riesigen Kiefern.

»Vergib uns, deinen Eltern, daß wir euch enttäuscht haben.«

Alles stand in Flammen.

Das Feuer im Dorf war bald unter Kontrolle gebracht. Davon überzeugten sie sich. Nicht ein Drakonier entkam. Der Befehl, das Dorf niederzubrennen, hatte die Anwesenheit des Trupps sichergestellt, als der Moment gekommen war.

Drei Tage lang trauerten die Eltern um ihren Verlust. Drei Tage des Kummers, des Gesanges für sie, die von der Königin verunstaltet worden waren. Als das geschehen war, flogen die Drachen – einige silbern, andere golden, andere silbern und golden gescheckt – davon, um sich ihren Brüdern in dem schrecklichen Krieg anzuschließen.

Sie ließen nur Asche zurück.

Wolfgang E. Hohlbein – Enwor

Wolfgang E. Hohlbein
Der wandernde Wald
23827

Wolfgang E. Hohlbein
Die brennende Stadt
23838

Wolfgang E. Hohlbein

Der steinerne Wolf
23840

Das schwarze Schiff
23850

Die Rückkehr der Götter
23908

Das schweigende Netz
23909

Der flüsternde Turm
23910

Das vergessene Heer
23911

Wolfgang E. Hohlbein
Die verbotenen Inseln
23912

GOLDMANN